JN151842

小学館文庫

付添い屋・六平太

百鬼夜行の巻　髪結い女

金子成人

小学館

目次

付添い屋・六平太

百鬼夜行の巻　髪結い女

第一話　惑いの隠居

一

秋月六平太《あきづきろっぺいた》は、神田川《かんだがわ》の北岸に沿って牛込《うしごめ》御門の方へ足を向けていた。

神田川の対岸には飯田《いいだ》町や小川町台町《おがわまちだいまち》という武家地が望める。

東の空に上がった朝日を浴びて、幾重にも重なる武家屋敷の甍《いらか》がぎらぎらと輝いていた。

『市兵衛店《いちべえだな》』で朝餉《あさげ》を摂《と》ると、六平太は菅笠《すげがさ》を手にして浅草元鳥越《あさくさもとどりごえ》町を後にした。

行先は、護国《ごこく》寺門前の音羽《おとわ》である。

『市兵衛店』の住人、貝谷重兵衛《かいたにじゅうべえ》は、倅《せがれ》の小四郎《こしろう》と共に暮らしていたのだが、故国に持ち上がったかなり以前の禍《わざわい》が、今になって再び降りかかったことから、倅と離れて一人音羽に身を隠している。

六平太は、その重兵衛に会いに行く途上だった。

今日は天保《てんぽう》五年（一八三四）の四月三日である。

一昨日まで降っていた雨は止《や》み、夏に入ったばかりのこの日は朝から蒸し暑い。

背後からの日射《ひざ》しが熱を帯びてきた先刻、遂に菅笠を被《かぶ》ったばかりだ。

綿入れから袷《あわせ》への衣替えは四月一日からだが、六平太は三月末から早々に袷にしていた。

一昨日は付添いの仕事が決まっていたのだが、嬉《うれ》しいことに雨で取りやめになった。

その分実入りが減るので惜しいことは惜しかった。

付添いを請け負っていた相手は日本橋《にほんばし》にある木綿問屋『信濃屋《しなのや》』のおすげという六十半ばほどのご隠居なのだが、六平太にはいささか気詰まりな相手だったのだ。

以前、おすげが『信濃屋』の主《あるじ》になっていた倅の太兵衛《たへえ》に不満を洩《も》らした時、その場にいた六平太が、つい倅の肩を持つ言葉を口にしたことで、ご隠居の機嫌を損ねてしまったらしく、今に至るまでそのことが祟《たた》っているのだ。

それにも拘《かか》わらず、一昨日の目黒《めぐろ》行きの付添いを六平太にと名指しをしたおすげの狙いが分からず、数日は不気味な思いを抱えていた。

目黒行きを回避出来た一昨日の雨は、六平太にとってはまさに慈雨となったのである。

大塚仲町《おおつかなかまち》の先で左に道を取ると、護国寺前へと向かう富士見坂《ふじみざか》になる。六平太はその坂をゆっくりと下り、大小の商家が軒を並べる護国寺門前の広道へと足を向けた。

刻限はほどなく四つ半（十一時頃）になろうかという時分である。

護国寺門前の音羽一丁目の角を左へと折れた六平太は、山門を背にして緩い坂道を下る。

音羽一丁目から坂下の音羽九丁目、桜木町《さくらぎ》へと一直線に延びる道は、護国寺の参道である。

参道の左右には、旅籠《はたご》や料理屋、大小の商家が連なり、それが坂下を流れる神田上水と江戸川《えどがわ》の畔《ほとり》まで続いていた。

五丁目との間の小道を左へ折れた先には二丁目あたりから流れる水路がある。

その水路は鼠ヶ谷《ねずみやつ》下水と言い、参道と鼠谷の間を江戸川へと流れ込んでいた。

六平太が向かったのは、音羽六丁目の鼠坂《ねずみざか》近くにある重兵衛が住まう『八郎兵衛店《はちろべえだな》』だった。

「ごめん。秋月ですが」

下水の傍《そば》にある『八郎兵衛店』の戸口に立った六平太が声を掛けると、

「どうぞ。お入りくだされ」

聞き覚えのある重兵衛の声が中から返ってきた。

戸を開けて狭い土間に足を踏み入れると、板の間に置かれた文机《ふづくえ》に着いていた重兵衛は右手に筆を持ったまま体を回し、

「今日は車曳《くるまひ》きの仕事がなく、朝から代筆をしていましたので、家を空けなくて幸いでした」

土間を上がった六平太に、小さく笑みを向けた。

そして重兵衛は、

「今日は何か」

不安げな眼《め》を六平太に向けた。

「いや。貝谷さんが護国寺界隈《かいわい》で八卦見《はっけみ》をしたいということについて、その後どうなってるか、毘沙門《びしゃもん》の親方に話を聞きに来たんですよ」

「それはわざわざ恐れ入ります」

重兵衛はかしこまって頭を下げた。

「いやぁ、明日は神田《かんだ》の口入れ屋に行く用事もあったので、そのついでですよ」

そう言って、六平太は軽く片手を打ち振った。

六平太が口にした口入れ屋というのは、神田岩本町《いわもと》にある『もみじ庵《あん》』のことであ

る。

「時に、小四郎はどうしていましたか」

筆を置いて少し改まった重兵衛が、『市兵衛店』で一人暮らしをしている倅の名を口にした。

「いつもどおり、向かいのお常《つね》さんが拵《こしら》えた結び飯を持って学問所に行きましたよ」

そう返事をした六平太はさらに、

「それに、急遽《きゆうきよ》、明日も学問所に行くことになったので、今日はこっちには向かわずに、『市兵衛店』で本を読むということでした」

とも、付け加えた。

「学問所の行き帰りなど、小四郎の周辺に変わったことはありませんか」

「今のところ、変わりはありません」

六平太は、倅のことで不安を抱く重兵衛にきっぱりと言い切った。

重兵衛が抱えている不安というのは、小四郎を生んですぐに死んだ母親の早苗《さなえ》にまつわることに違いなかった。

それが何なのか、六平太は以前、重兵衛からひそかに打ち明けられていた。

それによると、妹が下野国《しもつけ》烏森《からすもり》藩大久保《おおくぼ》家の郡方《こおりかた》である川俣文蔵《かわまたふみぞう》に嫁いだと知ったのは、重兵衛が江戸勤番となって国元を出た後のことだった。

その国元で、十六年前、異変が起きた。

早苗と川俣家の若い家士との不貞が判明して、相手の片島平吾《かたじまへいご》は文蔵によって即刻手討ちとなったという。

早苗はすぐに離縁となって藩内の実家に帰され、貝谷家は断絶となり家屋敷を失った。

その頃、江戸に詰めていた重兵衛は事情を知らされるとすぐ、お家から追放されるという憂き目に遭い、浪人として江戸に残ったのである。

当時、存命だった重兵衛の二親と早苗は、貝谷家の下男だった末松《すえまつ》の世話で、城下から離れた柏木《かしわぎ》村に移り、無住の農家で暮らしを始めた。

その一報は、江戸の居所を知らせていた重兵衛のもとにもたらされていた。

それから半年後の第二報には、早苗の死が記されていた。

川俣家を離縁となって四月後、早苗は男児を生んで小四郎と名付けられたが、産後の肥立ちが悪く、生んでから二月後に死んだということだった。

その後、柏木村から届く知らせは不幸の連続だった。

早苗の死から三年、四年の間に、小四郎の世話をしていた重兵衛の母親と父親が相次いで死に、末松からは、

「途方に暮れています」

という文が届いたのだ。

それからの重兵衛の決断は早かった。

早苗の子は引き取ると国元に知らせると、一月後には、末松が小四郎を重兵衛のもとに届けてくれ、今日まで父子として暮らしていたのだ。

それから十二年が経《た》った昨年の暮れ、父親の死後、家を継いでいた末松の長男から、川俣文蔵に関しての思いもよらない知らせが届いた。

それによれば、文蔵は早苗を離縁した年に後妻を娶《めと》ったものの、生まれた男児を幼くして病で失ったあと、跡継ぎになる男児はおろか女児さえも授かることはなかった。

跡継ぎがいないとなれば家名の存続にかかわるというので、川俣家では養子の成り手を探したものの、それは悉《ことごと》く叶《かな》わなかった。

そんな頃、郡方として郡部を回る文蔵は、二親と共に柏木村に移り住んだ貝谷家の出戻り女が、男児を生んだと耳にしたという。

文蔵は、家を継いだ末松の倅を訪ねて、早苗が生んだ男児について聞きたいと迫ったらしいのだが、

「小四郎は、親父《おやじ》に連れられて江戸に行って、ある家に預けられたようです」

末松の倅はそう答え、ある家というのが江戸のどこか、なんという名なのかも、父親からは聞いていないと嘘《うそ》をついたと、柏木村からの文にはそう記されていた。

川俣文蔵はおそらく、浪人となったまま国元に戻らない重兵衛を思い浮かべたに違いないと、重兵衛本人もそう推測していた。

その推測通り、文蔵は江戸藩邸の友人知人に重兵衛の行方探しを頼んだ末に、〈重兵衛は江戸にいる〉らしいことも、〈ともに暮らす少年〉の存在も知った挙句、江戸勤番勤めを藩に申し入れた。

その申し入れが叶い、昨年の夏の参勤交代の列に加わって江戸に来た川俣文蔵は、そのまま江戸藩邸に留《とど》まって、重兵衛の行方を探し回っていたのである。

「川俣文蔵の狙いは、小四郎さんを川俣家の跡継ぎにすることだろう」

六平太が憶測を述べると、

「末松の倅からの知らせからすると、おそらく、小四郎を縛り付けてでも、跡継ぎにするつもりですよ」

重兵衛は、西日の入り始めた家の中で、思いつめた顔をしている。

「しかし、小四郎さんが生まれたのが、妹御が離縁された後のことだとすれば、元亭主の文蔵は、倅の顔など知るまい」

「とは思いますが、江戸ではよく、二人して町中を歩くことがありましたからね。それに、小四郎は、妹に顔立ちが似てるんですよ。文蔵が見たら、気付くということも――」

皆まで口にせず、重兵衛は息を吐いた。

が、すぐに、

「だが、不貞とはいえ、妹の思い人を手討ちにした文蔵には、決して小四郎は渡しませんよ」

決然と声を発した。

父と子の話をしながら、六平太はふと、頭のどこかに穏蔵《おんぞう》の顔を思い浮かべていた。

「秋月さん」

「お」

六平太は、重兵衛に呼びかけられて慌てて返事をした。

「小四郎に、深川《ふかがわ》の学問所の行き帰り、それに『市兵衛店』を出る時は必ず笠をかぶるようにと、そう言ってくださいませんか」

「あぁ。そうしますよ」

六平太は、しっかりと頷《うなず》いた。

鼠ヶ谷下水の『八郎兵衛店』を出た六平太と重兵衛は、音羽五丁目と六丁目の間の小道から参道に出た。

重兵衛は、急ぎ書き終えた代筆の文や商家の書面を代筆屋に届ける用もあった。

陽気の良くなった参道には、大寺の庭の花を目当てにした行楽の老若男女や参拝帰りの夫婦者などが行き交っている。

「よっ、そこの色男二人、どこへ行くんですよぉ」

背後から聞き覚えのある声が轟《とどろ》いた。

すると、楊弓場《ようきゅうば》の矢取り女のお蘭《らん》が下駄を鳴らして近づいてきた。

「秋月の旦那は、今日、音羽にお出《い》でだね」

「当たりだ」

六平太は頷いた。

道に立って楊弓場の客を誘うお蘭は、人の様子にも町中で起きる些事《さじ》にも鼻が利くのだ。

「お二人で、いまからどちらへ」

「桜木町の甚五郎《じんごろう》親方のところだよ」

「それじゃ、楊弓場へ誘っても駄目かぁ」

明るい声を張り上げたお蘭は、六平太の横に立つ重兵衛に目を移し、

「こちら、子連れで歩いてるとこ、見かけたことありますよ」

と笑いかけると、

「多分、倅です」

重兵衛は律儀に答えた。

「息子さんが、小間物の『寿屋《ことぶきや》』の穏蔵さんと歩いてるとこを見たことがありますよ。あの様子から、二人は仲がよさそうだ」

「はい。音羽に来ると、その穏蔵さんが何かと世話を焼いてくださるんだと、倅は喜んでますよ」

お蘭に応えた重兵衛の顔に笑みがこぼれた。

「あっ。噂《うわさ》をすればなんとかじゃないかぁ」

素っ頓狂な声を上げたお蘭が、参道の西側に向かって手を振った。

それを見つけたらしく、髪結いの道具箱を提げたおりきが、『寿屋』の前掛けをつけた穏蔵と並んで参道を横切って来る。

「目白坂《めじろざか》下で穏蔵さんと行き合ったもんだから連れ立って来ましたよ」

おりきはそう口を開いたが、穏蔵はただ、六平太と重兵衛に軽く腰を折っただけである。

「あの、今日、小四郎さんは」

穏蔵が静かに尋ねると、

「今日は元鳥越にいて、こっちには来ないそうだよ」

「そうですか」

穏蔵は重兵衛の言葉に頷くと、

「わたしはこれで」

一同に腰を折り、五丁目の方へと足を向けた。

「あの穏蔵さんは、近々、小間物屋の娘さんと仮祝言を挙げるそうですね」

「そうなんですけどね」

重兵衛に返事をしたおりきが、黙っている六平太に意味ありげな笑みを向けると、

「これからどこへ仕事だい」

六平太は何気なく話を逸《そ》らした。

「富士見坂の蠟燭《ろうそく》屋さんに髪結いですが、六平さん今夜はこちらですか」

「そのつもりだ」

「あぁら、羨ましいこと」

殊更拗《す》ねたような物言いをしたお蘭が、おりきの背中を叩《たた》くふりをしておどけた。

それには構わず、

「それじゃわたしは」

重兵衛に声を掛けたおりきは、護国寺門前へと足を向けた。

二

関口《せきぐち》の台地に日が沈んだばかりで、音羽界隈にはかなりの明るさが残っている。

だが、あと半刻《はんとき》（約一時間）もすれば、参道の両側に立ち並ぶ料理屋、旅籠をはじめ、大小の様々な商家の明かりや通りの雪洞が、門前町の賑《にぎ》わいに花を添える。

そこへ、岡場所《おかばしょ》の女色を求めて集まる男どもの熱気が加わることになる。

そんな参道の一本西側に、音羽一丁目から桜木町まで、並行して南北に延びる裏通りの小道があり、小体な笊《ざる》屋、青物屋、饅頭《まんじゆう》屋、煮売り屋などに加え、飲み屋、食べ物屋などが狭い道の両側にひしめき合っている。

その道の七丁目と八丁目の角に、『吾作《ごさく》』と読める滲《にじ》んだ文字の記された提灯《ちようちん》を下げた居酒屋があるのだ。

そこの暖簾《のれん》を割って中に入ると、土間の奥に、酒樽《さかだる》や醬油樽《しようゆだる》を腰掛け代わりにした卓がある。

その卓に、六平太はじめ、おりき、重兵衛、それに毘沙門の親方とも呼ばれる甚五郎が着いて、四半刻《しはんとき》（約三十分）前から飲み食いを始めていた。

鼠ヶ谷下水の『八郎兵衛店』を訪ねた六平太が、重兵衛を伴って桜木町の甚五郎の家を訪ねたのは、九つ（正午頃）を四半刻ばかり過ぎた頃である。

「頭は生憎《あいにく》用事があって、牛込へ行っておりまして」

毘沙門一党の若者頭を務める佐太郎《さたろう》は、尋ねた六平太と重兵衛を、いつものように丁寧に迎えてくれた。

佐太郎によれば、甚五郎の帰りは夕刻になるとのことだった。

「おれと貝谷さんは、六つ（六時頃）には『吾作』に行ってるが、都合がつくならお出で願いたい」

そんな言伝《ことづて》を佐太郎に頼んで、六平太と重兵衛は甚五郎の家を後にしたのだった。

「秋月の兄ぃ、酒は足りてますかぁ」

『吾作』板場から大声を上げたのは、店の主であり、包丁人の菊次《きくじ》である。

「そんなことより、さっきから頼んでる赤貝の酢の物はまだかい」

そう言って急《せ》かしたのは、店を手伝う菊次の女房のお国《くに》だった。

「お国さん、なにも急ぐことはないよ」

笑ってお国に声を掛けたのは、甚五郎である。

甚五郎は護国寺をはじめ、大小の寺社や岡場所を抱える門前町の音羽一帯の治安や防火に目を光らせる、いわば土地の自警団の頭だが、毘沙門の頭とも桜木町の親分とも呼ばれて、住人からの人望を集めている。

幕府公認の吉原《よしわら》と違い、一旦、事があれば営業を禁止される岡場所は、日頃から治安と防火には気を遣い、町の清掃、修繕にも目配りをして奔走しているのが甚五郎配下の毘沙門の連中だった。

店の主の菊次は、かつては毘沙門の一党に加わっていた。

六平太を兄ぃと呼ぶ菊次との関わりは、その時分から十年以上にも及んでいる。

「音羽界隈での辻八卦《つじはっけ》の場所についてですがねぇ、貝谷さん」

甚五郎が話の口火を切ると、

「はい」

重兵衛は軽く背筋を伸ばした。

「そう、畏《かしこ》まらずに聞いてくださいよ」

甚五郎は笑みを浮かべて、盃《さかずき》に満ちた酒を飲むよう重兵衛に手の仕草で勧め、

「音羽というところは寺社の領分が入り組んでおりますから、寺社にしても香具師《やし》の元締にしても、勝手に店を出したり露店を開いたりということは難しいんですよ」

甚五郎の話に、重兵衛は神妙に頷く。

「護国寺の界隈は、管長さんが良しと言えばどうということはないんですが、その管長さんが先月から体調を崩して寝込んでおいでのようで、商いの話をするどころではないらしいんですよ。ただまぁ、これから音羽は行楽の時季を迎えますから、町役人

や香具師の元締たちが、近々、話し合いをするらしいので、そこで、露店を出す区割りなどの目途が立つかもしれません。ですから、辻八卦をどこに出せるかは、もう少しお待ちください」

「何かとお骨折り下さり、お礼の申しようがありません」

両手を膝に置いた重兵衛は、甚五郎に深々と頭を下げた。

「ささ、貝谷さん、お空けなさいまし」

徳利《とつくり》を持ったおりきが重兵衛に勧めると、

「これはどうも」

重兵衛は軽く会釈して、盃の酒を飲み干し、

「どうも」

と呟《つぶや》いて、おりきの酌を受けた。

「赤貝、お待ちどおさま」

お盆を持ってやってきたお国が、酢の物の小鉢を二つ卓に置くと、

「この前、うちのから聞きましたけど、貝谷さんは息子さんと別々に暮らさなきゃならない羽目になってるんですってねぇ」

いたわしげな声を重兵衛に掛けた。

「おい。酒の席でそんな話するんじゃねぇよ」

低い声でお国を窘《たしな》めたのは、板場の出入り口から顔を出した菊次である。

「だけどさぁ」

お国が口を尖《とが》らせると、

「わたしも聞いたけど、離縁した後に妹さんが生んだ子を、お家の存続のために奪い取って跡継ぎにしようなんて、虫が良すぎるというか」

おりきまで、重兵衛を苦境に追いやった者への怒りを向けた。

「そうですよ。身勝手すぎますよ」

お国はさらに声高になった。

「しかし、離縁されたのには、妹にも落ち度が」

「貝谷さん、そのことを口にされることはありません」

言いかけた重兵衛を鋭い声で制止した六平太は、

「妹さんに何かあったにしても、そのことで貝谷さんが引け目を感じることはありませんよ。小四郎さんを奪いに来る相手には、妹の子は渡さん。その一点のみで立ち向かうことですよ」

打って変わって、穏やかな声を投げかけた。

するると、重兵衛は大きくゆっくりと頷いた。

昼前に音羽を後にした六平太が、神田川に架かる和泉橋《いずみばし》を渡り終えたのは、日の傾き具合いから、九つ半（一時頃）という頃おいと思われた。

昨夜、居酒屋『吾作』で甚五郎たちと飲み食いをした後、関口駒井町《せきぐちこまいちょう》のおりきの家で一晩厄介になった翌日、音羽を後にしたのである。

「明日は、是非にもお越しいただきたい」

昨日の朝、神田岩本町の口入れ屋『もみじ庵』からの使いが『市兵衛店』に来て、主の忠七《ちゅうしち》の言伝に応じていたからには、今日になって反故《ほご》にするわけにはいかない。取り決めを違《たが》えれば、六平太の今後の付添い稼業の口利きに関わることにもなりかねないのだ。

音羽で早めの朝餉を摂った六平太は、少々空腹を覚えていたが昼餉は後のことにして、色褪《あ》せた『もみじ庵』の暖簾を割った。

「昨日の急ぎの呼び出しは、仕事の口だろうね」

土間に足を踏み入れるなり、六平太は帳場机に着いていた忠七に声を掛けた。

「左様ですよ」

指に唾をつけて紙縒《こよ》りを撚《よ》っていた忠七が、同じ指で、今度は開いていた机の帳面をさらに何枚かめくり、

「四月八日、日本橋通《とおり》二丁目の木綿問屋『信濃屋』さんから、灌仏会《かんぶつえ》の付添いの依

頼が来ております。しかも、付添いは是非にも秋月様をという、お名指しでございますよ」

そう口にすると、框《かまち》に腰掛けた六平太に顔を向けて、目尻を下げた。

「今度は太兵衛さんからのお声掛かりだろうね」

「それがどうして、『信濃屋』のご隠居様からのご依頼です」

嬉しげにそういうと、忠七は片手で宙を叩く仕草をした。

「え」

六平太は、声にならない声を洩らした。

「親父《おやじ》、どうしてそれを受けるんだよ」

恨めしげな声を忠七に向けると、

「なんとしても秋月様をと、ご隠居様のお名指しでございますよ」

悦に入った様子で揉《も》み手をした。

そして、

「『信濃屋』さんからは、これまで主の太兵衛さんからしか声はかからなかったんでございますが、三月の道灌山《どうかんやま》への吟行《ぎんこう》の付添い以来、ご隠居様からは秋月さんとのお名指し続きでございます。このようにお得意先が出来たということは、ありがたいことではありませんか。なにしろ向こうは、日本橋の木綿問屋でございますから」

上機嫌な忠七に、六平太は、返す言葉もなかった。

時々小さな溜息《ためいき》を洩らしながら、六平太は室町《むろまち》一丁目から日本橋を渡り始めた。

口入れ屋『もみじ庵』を出てすぐ、六平太は何度か入ったことのある蕎麦《そば》屋に飛び込んで、しっぽく蕎麦を注文した。

小伝馬《こでんま》町の牢《ろう》屋敷近くの馴染《なじ》みの蕎麦屋で、『もみじ庵』に来た時など、たびたび立ち寄る店である。

同じ三十二文（約八百円）の天婦羅《てんぷら》蕎麦にするかどうかほんの少し迷ったが、玉子焼きや椎茸《しいたけ》、くわいなどが載っている具だくさんの汁蕎麦にした。

しっぽく蕎麦が運ばれてくると、六平太は黙々と箸《はし》を動かしたが、頭の中には、先刻発した忠七の言葉がぐるぐると回った。

「なんとしても秋月様をと、ご隠居様のお名指しでございますよ」

とも言い、

「このようにお得意先が出来たということは、ありがたいことではありませんか。なにしろ向こうは、日本橋の木綿問屋でございますから」

と、忠七は我がことのように上機嫌だった。

しかし、会えば冷ややかな眼を向けたり、素っ気ない物言いをしたりするおすげの厳《いか》めしい顔つきが、六平太の目先でちらつくのだ。

そんなおすげが、何を思って六平太を付添いにと指名するのか、その真意が皆目分からない。

そのわけを探ろうと思い立ち、六平太は蕎麦屋を出ると日本橋通二丁目の『信濃屋』を目指したのである。

『信濃屋』は一丁目と二丁目の辻を一町（約百九メートル）ほど南に行った三叉路《さんさろ》の角にある。

日本橋に差し掛かった辺りで菅笠を被った六平太は、『信濃屋』の表をゆっくりと通り過ぎながら、店の中に眼を走らせる。

店の中の板張りには何人もの手代が、客や取引相手との商談などに勤《いそ》しんでおり、帳場格子の近くでは、開いた帳面を間に向かい合い、太兵衛と番頭の五十助《いそすけ》が話をしている様子はあるが、おすげの姿はどこにもない。

隠居ともなれば、普段、店に出ることは滅多にないと思われる。

店の前を少し通り過ぎた六平太は、中から見えない戸袋の外で足を止めた。

そこには、荷車から菰《こも》包みの荷を下ろしている人足たちと、店内から白い木綿の束を運んで来て、別の大八車に積み上げている三人の小僧たちの甲斐甲斐《かいがい》しい動きがあった。

「仕事中済まないが」

六平太が、店に戻ろうとした小僧に声を掛けると、十四、五と思《おぼ》しき小僧が足を止めた。

「おれは、秋月というもんだが、帳場にいる太兵衛さんに、小道で待ってると伝えてくれないか」

片手で拝むと、小僧は頷いて店の中に駆け込む。

それを見て、六平太は店のある建物の奥に通じる脇道に身を隠した。

塀に沿って奥に行けば、『信濃屋』の家族などが出入りする潜《くぐ》り戸がある。六平太はそこを何度か潜ったことがあった。

「なんですか秋月様、こんなところで水臭い。我が家と思って遠慮なく店にお入り下さいまし」

そんな声を発しながら、太兵衛の姿が小道に現れた。

「いや、ご隠居さんに見つかるのが恐ろしくてね」

六平太が小声で答えると、

「おっ母《か》さんは、句会の知り合いのところに出かけております」

太兵衛まで声をひそめた。

「実は、ご隠居から灌仏会の付添いの声が掛かってるんだよ」

「あ。築地《つきじ》の本願寺《ほんがんじ》ですね」

「行先は聞いてなかったが、築地か。築地なら近いし、店の奉公人とか、いつもの女中が付き添えばよさそうなもんじゃねぇか」

「ですが、本願寺の灌仏会は混みあいますから、力強いお人に付いて頂きたいのですよ。なにせその日は、大人数ですから」

「なに――！」

さらりと言ってのけた太兵衛に、六平太は後の言葉を呑《の》み込んでしまった。

「おっ母さんと、わたしの娘と、他所《よそ》で修業している倅でしょ。本郷《ほんごう》の味噌《みそ》屋に嫁いだ妹の娘に三味線《しゃみせん》の師匠をしている弟の娘も来ます」

「五人もか」

「いえ、おっ母さんの世話をする女中のおはなも入れて、六人」

太兵衛の言葉に、六平太は声もない。

「秋月様、どうなさいました」

黙り込んだ六平太の様子に、太兵衛が訝《いぶか》るように問いかけた。

「太兵衛さん、ご隠居はどうも、おれを貶《おとし》めよう、恥をかかせようと躍起になってるとしか思えないんだがね」

「おっ母さんがまさか。どうしてそんなこと――」

太兵衛は笑って異議を口にした。

「太兵衛さんの正月の年礼回り《ねんれいまわ》に付き添ったとき、神田の柳森稲荷《やなぎもりいなり》で、どこかのお店者の主従が数人の破落戸《ごろつき》に金目の物を取られそうになってるのを、助けたことがあったろう」

「はい。もう一人、女の剣士にも手を貸して頂きましたが」

太兵衛は思案を巡らせて天を仰ぐと、そう呟いた。

その時助けたお店《たな》の主が、後日、太兵衛が留守の時に『信濃屋』に礼に来たのだが、その相手をした隠居のおすげはなんのことか事情が分からずに戸惑ったという。

その後、六平太は『信濃屋』に招かれて、おすげから礼を述べられたのだが、助けられた事実を報告していなかった太兵衛は、店の主としての気働きに欠けるなどとお叱りを蒙《こうむ》った。

その場にいた六平太は、我が子を叱るおすげの物言いに、

「しかし太兵衛さんも、れっきとした『信濃屋』の主です。三つや四つの子供じゃあるまいし、外のことをいちいちご隠居さんに知らせなくてもいいとは思いますがねえ」

やんわりと太兵衛を庇《かば》ったのだ。

「ご隠居はおれの庇い立てに、その時以来恨みを抱えていなさるに違いないんだよ」

「まさか」

そう口にした太兵衛まで、微《かす》かに顔を引きつらせた。

「だがね、おれは逃げないよ。八日の灌仏会には、付添い屋として、お迎えにあがりますよ」

六平太は太兵衛に向かってそう宣言した。

しかしそれは、己を鼓舞する決意表明でもあった。


『市兵衛店』の物干し場から見える浅草元鳥越町の東側は、西日を浴びていた。

自分の家の二階の部屋から張り出した物干し場は、屋根が邪魔をして西日を遮るが、浅草御蔵《おくら》や寿松院《じゅしょういん》の辺りは黄金色に輝いている。

六平太は、日本橋の『信濃屋』から帰って来るとすぐ、溜《た》まっていた褌《ふんどし》や手拭い、寝間着などを洗い、物干し場の竿《さお》に干していた。

七つ（四時頃）の鐘が打たれてから四半刻足らずが経った頃おいである。

「お常さん、ただいま」

そんな声が、六平太の足元から聞こえた。

表通りから帰ってきた小四郎が、井戸に一番近い大工の留吉《とめきち》の家に声を掛けたのだ。

「お帰り」

夕餉の支度をしていたらしい女房のお常が、襷《たすき》がけで路地に飛び出して、小四郎を迎えた。

「今日も、昼の弁当の結び飯は美味《おい》しかったです」

小四郎の言葉に、

「そりゃ、良かった」

お常は嬉しさのあまり、包丁を持った手を振り回して相好を崩す。

「おい、小四郎さん。渡すもんがあるから干し終わったら届けるよ」

「はい」

小四郎は、物干し場を見上げて頭を下げると、六平太の家の隣りに入って行った。

六平太は布巾などの小物を干し終わり、空の竹笊を手にして部屋に戻ると、階段を下りる。

竹笊を土間の流しの壁に作った棚の上に載せると、土間の上がり口近くの壁に立てかけていた菅笠を手に取って、路地へと出た。

「小四郎さん、入るよ」

戸口から声を掛けて、六平太は隣家の土間に足を踏み入れた。

「音羽からお帰りでしたか」

持ち帰った風呂敷の包みから出した書物や硯箱《すずりばこ》を文机に並べていた小四郎が、土間近くに来て膝を揃《そろ》えた。

「重兵衛殿は変わりなかったよ」

「はい。ありがとうございます」

軽く頭を下げた小四郎の目の前に、六平太が菅笠を置くと、

「重兵衛殿からの伝言で、学問所の行き帰りだけじゃなく、出歩くときは顔を隠すようにとのことだよ」

と告げ、小四郎を探している川俣文蔵らに顔を見られないための用心だとも念を押した。

「分かりました」

菅笠を手に取った小四郎は、幾分か顔を引き締めて、頷いた。

三

日本橋から京橋《きようばし》、新橋《しんばし》へと通じる東海道《とうかいどう》は、いつも朝から賑わっている。

日本橋には魚河岸はじめ、諸方からやって来る多くの舟が荷を下ろす様々な河岸、さらに京橋には青物や根菜を商う大根河岸や竹河岸などがあって、棒手振《ぼてふ》りや荷車などが走り回り、朝の暗いうちから活況を呈しているのだ。

日が昇って東海道沿いの商家が大戸を開ければ、買い物の客に交じって、江戸見物の旅行者の塊が通りに溢《あふ》れて、祭りのような人の行き交いが見られる。

そんな通りを、縦一列になって京橋方面に進む男女の一行がいる。

その一行の殿《しんがり》を務めている六平太は、菅笠を背中に垂らして、列の中ほどを行く『信濃屋』の隠居、おすげとお付きの女中、おはなの様子を主に注視していた。

六平太が口入れ屋『もみじ庵』から請け負った、築地本願寺の灌仏会へ向かう一行の付添いであった。

四月八日の五つ（八時頃）少し前に、店開け前の『信濃屋』の表に着いた六平太は、主の太兵衛や番頭の五十助らと共に待ち受けていた、灌仏会に向かう隠居のおすげたち一行と顔を合わせたのだ。

「秋月様、今日はひとつよろしくお願いいたします」

太兵衛が軽く腰を折ると、隣りに立っていた五十助もそれに倣った。

すると、

「太兵衛、付添い屋さんにうちの者たちを引き合わせなくてよいのですか」

おすげから、凛《りん》とした声が飛び出した。

「えぇえぇ、それを今しようかと思っていたところでして」

軽くうろたえた太兵衛が、

「おっ母さんとおはなとは何度か顔を合わせておいでてでしょうから、今日初めて会う者を」

そういいながら、若い男女の一団に近づいた。

「これが、わたしの倅の尚作《なおさく》と娘のかえででして、その後ろにいるのが本郷の味噌屋に嫁いだ妹の娘のおまつ。その横が、弟の娘のお美代《みよ》、そして」

太兵衛がそこまで口にした時、

「灌仏会に行くのは、おれを加えて確か七人ということだったが」

六平太は思わず指をさして人数を数え始める。

「申し訳ございません。わたしの娘も一行に加えていただけることになりましたものですから」

五十助が、神妙に腰を折った。

「冴《さえ》と言います」

一団の中に紛れていた十四、五ほどの娘が名を口にして姿を現すと、

「皆様のお邪魔にならないようにしますので、よろしくお願いします」

六平太に笑いかけて、丁寧に頭を下げた。

「付添い屋さん、構いませんね」

そんなおすげの物言いは、否やを尋ねるというより、ただの押し付けだった。

「ま、一人増えたぐらい、どうということはありますまいよ」

六平太はそう口にして、先刻、『信濃屋』を後にしたのである。

『信濃屋』のある通二丁目から築地の本願寺まで、込み入った行程ではなく、道のりもたいしたことがないことは、付添い屋の六平太はすでに心得ていることだった。

尾張町《おわりちょう》一丁目新地の辻で左に折れたあとは、三原橋《みはらばし》、万年橋《まんねんばし》を渡れば、その先に築地本願寺がある。

墓参や縁日の付添いで、六平太は何度も足を踏み入れたことのある寺だった。

多くの塔頭《たっちゅう》や支院を擁する本願寺は、境内の外から込み合っているのが分かった。

葦《あし》の芽やぺんぺん草、青竹の手桶《ておけ》を売る多くの店が客を集めており、さらに客を呼び込もうと、方々の店から飛び交う声が交錯している。

『信濃屋』の一同は、境内に入り込むと、花御堂《はなみどう》に立つ釈迦《しゃか》像に甘茶を掛け、その甘茶を竹の手桶に注いで、持ち帰るのだ。

しかし、花御堂までは人混みに阻まれてなかなか進めない。

下手をすると、はぐれる者も出るかもしれない。

六平太は、おすげのお付き女中のおはなの手を借りて、『信濃屋』一行が散り散りにならないよう小さな塊にして、本堂の前にある花御堂へゆるりゆるりと進む。

花御堂の周りは人だかりがしていて、おすげなど、『信濃屋』の一行が甘茶を注ぎ終えるまで、およそ半刻要してしまった。

次から次に押し掛けてくる人の波を掻《か》き分けながら、やっとのことで境内を出られたのだが、そこにはうるさい連中が待っていた。

花御堂を模した岡持《おかもち》のような盥《たらい》にお釈迦らしい像を立てたものを手に持って、

「おしゃか、おしゃか」

と、声を張り上げながら、誰彼構わず喜捨を迫る願人坊主《がんにんぼうず》たちであった。

邪険にすれば、凄《すご》まれたり、仲間たちも加わって取り囲んで脅したりする〈とうきたり〉と呼ばれる厄介な連中である。

「尚作、およしっ」

おすげが、懐から巾着を取り出した孫を鋭く諫《いさ》めた。

すると、近くにいた三人の願人坊主が急ぎ集まり、おすげを囲むようにして睨《にら》みつける。

「まぁまぁまぁ」

笑みを浮かべた六平太が、おすげと四人になった願人坊主たちの間に割って入ると、

「お前さんがたの頭は誰だね」

取り囲んだ連中を見回す。

「おれだが、何だ」

後から加わった三人のうちの髭面《ひげづら》が、六平太の前に進み出て、細い眼をさらに細めて睨みつけた。

六平太は、おすげたちにここを動くなと声を掛けて、

「ちょっとこっちへ」

髭面の肩に手を置いて、少し離れた墓地の小道に誘い込んだ。

「お前さん方のお仲間が、浅草の本願寺にもいたね。浅草の頭分はたしか、『阿弥陀《あみだ》の六蔵《ろくぞう》』と言ったか」

「浪人、おめっ、なんで知ってやがんだ」

髭面は、驚きと不審の混じった掠《かす》れ声を洩らす。

「おれの義理の弟が、浅草十番組の町火消し、『ち』組の纏持《まといも》ちをしててな。浅草寺さんはじめ、周辺のご商売のみなさんとも気安くしてるんだよ。だから、今後も浅草でもちゃんと稼げるよう、『ち』組の鳶頭《とびがしら》、武造《たけぞう》さんにも口を利いておくから、今日のところはひとつ、おとなしく引いてくれよ」

耳元で囁《ささや》いた六平太が、髭面の手にそっと一朱（約六千二百五十円）を握らせると、

「こりゃどうも」

髭面は、黄色くなった歯を見せて笑うと、おすげたちを居丈高に見ていた仲間たちを引き連れて、人混みの中に紛れて行った。

「さて、そろそろ引き揚げますか」

六平太は『信濃屋』の一行のもとに戻ってそういうと、顔を強張《こわば》らせて注目していた一行七人に、にこりと笑って見せた。

築地本願寺の灌仏会を済ませ、『信濃屋』の一行を通二丁目に送ったら今日の付添いは終《しま》いかと思っていたら、当てが外れた。

〈とうきたり〉を追い払って本願寺を後にするとすぐ、

「木挽《こびき》町の料理屋で昼餉を摂ってから戻ります」

おすげからそんな話が出た。

本願寺の灌仏会が、例年混雑することを予測していたおすげは、帰途に就くのは昼近いと踏んで、前もって木挽町の料理屋に座敷席を取っていたという。

おすげの予想通り、混雑と〈とうきたり〉との悶着《もんちゃく》もあって、築地川《つきじがわ》に架かる万年橋に差し掛かった時は、正午までは、あと四半刻という頃合いになっていた。

おすげの案内で一行が上がった料理屋は木挽町五丁目の森田座《もりたざ》近くで、芝居見物の付添いもする六平太が何度か客のお相伴《しょうばん》に与《あずか》ったことのある店だった。

一行が通された二階の座敷からは、川の対岸の三十間堀《さんじつけんぼり》町の家並が見えた。

おすげの指図通り、八人が二手に分かれて向かい合って座ると、女中二人が、それぞれの膳に幕の内弁当を並べた。

「さ、いただこうかね」

そう言っておすげが手を合わせると、座敷の一同が手を合わせ、

「いただきます」

声を発して弁当の蓋を取り、箸を手にする。

「うわ、美味しそう」

一番年下のお冴が嬉々《きき》とした声を発すると、おすげの孫娘三人が呆《あき》れたような眼を向けた。

食事は始まったものの、おすげを始めとして、その場の誰もが黙々と食べるだけで、話し声ひとつない。

六平太は箸を動かしながら、さりげなく眼を動かして、この場にいる者たちの様子を窺《うかが》うことにした。

床の間に近いところで膳の物を食べているのがおすげで、その向かいには、この場の身内の中ではただ一人の男で、年のころは十七、八ほどの尚作がいて、ひたすら弁当を口に入れていた。

その隣りは二つ三つ年上のかえでだが、食べ物に好き嫌いがあるのか、要らないものを箸で摘まんでは、なんの断りもなく隣りの弟の弁当に載せていた。

そのかえでの向かいで豪快に食べているのが、孫たちの中では一番年長と思われるおまつである。

太り気味のおまつは旨《うま》そうに食べ続けるのだが、帯がきついのか、時々両手の親指を帯に差し込んで、少しでも締め付けを緩めようと苦労していた。

その様子に眼を留めたお冴が、思わずククと含み笑いを洩らすと、

「なにさ」

おまつがお冴を睨みつけた。

そのお冴の向かいで静かに食べ続けているのが三味線弾きの父を持つ、お美代だった。

かえでと年恰好《としかっこう》は似ているのだが、唇の紅の色が鮮やかで年上のような婀娜《あだ》っぽさがあった。

父親の弟子の中には花街の芸者衆や大人の男たちがいるせいで、大人びているのかもしれない。

昼の弁当を大方食べ終えた頃、

「ごめんくださいまし」

座敷の外から障子が開けられると、五十に近い女が、膝を進めて入ってきて手を突き、

「料理屋『富幸《とみこう》』の女将《おかみ》でございます。『信濃屋』のご隠居様方、本日はようこそのお運び、まことにありがとう存じました」

女将は手を突いたまま、膳を前にした一同を見遣《みや》ると、六平太に眼を留め、

「これは、『もみじ庵』の付添い屋さんじゃありませんか」

「どうも」

六平太は、軽く片手を挙げて女将に応じた。

「女将は、こちらをご存じでしたか」

おすげが問いかけると、

「えぇえぇ、そりゃもう、秋月さんは芝居見物の娘衆の付添いで何度も見えてますから」

女将はそういい、さらに、

「この秋月さんの付添いなら安心ですよ。ご隠居様、いい人をお選びになりましたですねぇ」

とも持ち上げた。すると、

「女将、そろそろ食べ終わりますから、あとは甘いものをひとつ」

おすげは女将の話をやんわりと断ち切った。

「これは失礼しました。それではすぐに菓子をお持ちしますので」

女将は辞儀をして、廊下へと出て行った。

すると、おすげ以外の者の好奇の目が一斉に六平太に向けられた。

「あの」

六平太に言いかけた尚作は、一同の目が自分に向いたことに、

「いえ」

と、怖気《おじけ》づいたように呟き、顔を伏せた。

「尚ちゃんが聞きたかったのは、本願寺のあの〈とうきたり〉をどうやって収めたのかってことじゃないの」

姉のかえでが、ずばりと口を開いた。

「あ、それはわたしも聞きたいもんだわ」

かえでの向かいのおまつが、すかさず声を発した。

すると、周りに座った者たちの好奇に満ちた眼が六平太に向けられた。

「いやぁ、今年もお釈迦様のご加護がありますようにと言ったら、ありがとうございますなんて礼を言われまして。なかなか、聞き分けのいい連中で助かりましたよ」

「それだけで？」

訝しげな声を向けたのは、隣りのお美代だった。

「実を言いますと、お釈迦様の像に掛けた甘茶を持った人たちから銭金をせびったら、

お前たちに罰が下るぞと」

六平太は真顔で返答する。

「罰とは、どんな？」

向かい側に座ったお冴が、身を乗り出して問いかけた。

「つまり、その」

一旦詰まった六平太は、殊更厳めしい顔つきになって、

「甘茶色をした寝小便が三日三晩続くぞと、そう言いますと、慌てて引き揚げたようなわけでして」

おすげ以下、『信濃屋』の者たちは凍り付いたように黙ったが、突然、「はははは」とお冴の大笑いが沈黙を破った。

すると、顔を強張らせたおすげの顔色に気付いた女中のおはなが、隣りで笑うお冴に手を伸ばして軽くつつく。

「秋月さんは、これからも、その、付添い屋稼業を続けるお積もりでしょうか」

座敷が静まると、おすげから思いもよらない問いかけがあった。

「いやぁ、先のことは分かりませんな」

「この先、どういう生き方をしようかなどと、目指すものはないのですか」

「特にありません」

六平太が、即座に返答すると、

「人のお役に立ちたいとか」

おすげが畳みかけてきた。

「かなり以前は、仕える主のお役に立とうなどと思ったこともありましたが、そんな宮仕えに嫌気がさしましたからね。ま、付添いは、それなりに面白く、己の暮らしの手立てにもなるわけで、人の役に立つためでも金儲《かねもう》けでもないのですよ」

「以前は、武家勤めだったので？」

おまつから声が上がった。

「ええ。武家に仕えれば、いいお役に就きたいなどと欲を持ちますが、浪人となって十六年。今じゃ、出世も望まず、ただ、楽しく健やかに生きて、満足しております」

六平太がそう言い切ると、

「それは、たやすいことですか」

真顔のお冴から素朴な問いかけが来た。

「いやぁ、難しいな。己の好きに生きるには、何かを捨てなきゃならんからなぁ。見《み》栄《え》とか欲とかをさ」

言い終わって六平太が笑みを作ると、お冴は大きく、満足げに頷いた。

六平太が、築地本願寺の灌仏会に付き添ったおすげ達七人を、日本橋の『信濃屋』に送り届けたのは、もう少しで八つ半（三時頃）という時分だった。

店の裏手に回って塀の潜り戸から勝手口に立ち、家の中に入るおすげたちを見送ると、

「少しお待ちを」

おはなに命じられるまま、戸口で待った。

だが、待つほどのこともなく、

「いやぁ秋月様、何事もなく無事なお帰りご苦労様でした」

番頭の五十助が戸口から出て来て腰を折ると、続いて出て来たお冴が父親の横に並んだ。

「これは、今日の付添い料の二朱（約一万二千五百円）でございます」

「たしかに」

六平太は、五十助が差し出した小さな紙包みの中を確かめることもなく袂《たもと》に落とす。

「確かめなくていいんですか」

お冴から確認を促す声が掛かった。

「いくら包まれているかは、長年の勘で分かるんだよ」

小さく笑って返事をすると、お冴はさも感心したように「へぇ」と小声を洩らした。

「それじゃおれは」

潜り戸の方に足を向けると、

「折があれば、またよろしくお願いいたします」

潜り戸を潜る六平太の背中に五十助の声が届いた。

塀沿いの小道に出て東海道に向かうとすぐ、後ろから近づいた下駄の音が六平太の横で止まった。

「わたしの家は、神田鍋町《なべちょう》なんです」

笑みを浮かべたお冴が、日本橋川に架かる日本橋の方を指さした。

「秋月様はどこに」

「神田岩本町の口入れ屋に寄ってから、浅草元鳥越町だ」

六平太が返答して歩き出すと、

「それじゃ、日本橋を渡るまでは一緒だ」

にこりと微笑《ほほえ》んだお冴も歩を進める。

「おれはもっと先の、本石町《ほんごく》まで行って、右に曲がってもいいんだがね」

その返事に満足したように、お冴は大きく頷いて六平太と並んで歩く。

並んで五間（約九メートル）ばかり歩いたところで、

「秋月様、料理屋でご隠居様に話したことは、嘘でしょ」

お冴からそんな声が掛かった。

「嘘というと」

「〈とうきたり〉を追い払った時の」

「どうしてそう思うんだ」

六平太が笑って問いかけると、

「境内を行き交う人の隙間からほんの少し見えたんです。秋月様が髭の男にそっとお金を渡すのが」

「見られてたか。参ったな」

そういうと、六平太は頭のてっぺんを軽く叩いた。

「それがいくらか知りませんけど、お父《と》っつぁんに話して、付添い料に足して貰《もら》えばよかったのに」

「いやぁあれは、頼まれて出した金じゃないから、おれが被ればいいんだ。ま。そういう経費もかかる稼業ってことだよ」

笑ってそういうと、お冴は「ふーん」と首を傾《かし》げた。

日本橋を渡り切ったところで、六平太はふと足を止めた。

「おれはやっぱり、魚河岸から堀江町《ほりえちょう》入堀《いりぼり》に沿って行くことにするよ」

「分かりました」

「気を付けてな」

「はい」

お冴は、軽く頭を下げると踵《きびす》を返し、室町一丁目を神田の方に向かって歩き出した。

ほんの少し見送った六平太は、その眼を多くの人の往来する日本橋へと向けた。

先刻、『信濃屋』を後にして東海道に出た直後から、誰かに付けられている気配がしていたのだ。

それが今、日本橋の真ん中あたりで足を止めて欄干に凭《もた》れている、網代笠《あじろがさ》の侍だということに気付いた。

背も高くなく、袴《はかま》姿のその侍には見覚えがあった。

下総関宿藩《しもうさせきやど》、久世《くぜ》家の当主忠房《ただふさ》が、側妾《そくしょう》に産ませた娘、戸根崎伊奈《とねざきいな》に違いない。
十八、九になる伊奈は、小野派一刀流《おのはいっとうりゅう》の戸根崎道場の主、戸根崎源二郎《げんじろう》の姪《めい》に当たり、側妾である母親と赤坂《あかさか》の抱屋敷《かかえやしき》で暮らしている。
その抱屋敷の家士、沢田庄助《さわだしょうすけ》は、六平太が師範代を務める相良《さがら》道場の門人である。

六平太が口入れ屋『もみじ庵』から仕事を貰っていることを庄助は知っていた。

そのことを知った伊奈は、この日の六平太の仕事を知って、『信濃屋』近辺で待ち受けたと考えられた。

以前、立ち合いに負けた相手の六平太へ、未《いま》だに根深い恨みを抱いているとしか思えない。

魚河岸を伊勢町堀《いせちようぼり》の方へ向かった六平太は、伊勢町堀に架かる荒布橋《あらめばし》を渡ると堀江町入堀の手前の小道を一気に北へ向かって堀留《ほりどめ》まで進み、大小の道が縦横に走る大《おお》伝馬町《でんま》や小伝馬町をジグザグに進んで浅草御門へ行き着いた。

大番所の陰に身を置いて両国西広小路《りようごくにしひろこうじ》を窺ったが、いくら待っても伊奈の姿は現れない。

うまく撒《ま》いたと思われた。

『もみじ庵』に寄るのは明日のことにして、六平太は浅草橋《あさくさばし》を渡って浅草元鳥越町へと足を向けた。

四

灌仏会から五日が経った四月十三日の朝である。

日が昇って一刻半（約三時間）ともなると、六平太の家の物干し台は、まともに朝日を浴びる。

朝餉の後に洗濯を済ませ、六平太はのんびりと着物や寝間着などを竿竹《さおだけ》に干している。

灌仏会から帰った日は、持ち帰った甘茶を家主の市兵衛の家にも届け、隣家の小四郎、大工の留吉、お常夫婦に分けることが出来た。

今朝は珍しく早起きをして飯を炊いた六平太は、昨夜、大道芸人の熊八《くまはち》と行った居酒屋『金時《きんとき》』から持ち帰った鰈《かれい》の煮つけと、朝早く子供が売りに来た納豆を買い求めて、朝餉の膳に着いた。

しかも、今朝は、深川の学問所に行く前の小四郎を呼んで、朝餉を食べさせることも出来た。

とはいえ、弁当にまでは手が回らなかったので、小四郎に持たせる結び飯はいつも通り、向かいのお常に任せてしまった。

四つ（十時頃）を知らせる鐘の音が届くと同時に、洗濯物を干し終えた六平太が、両手を挙げて大きく伸びをした。

「秋月さん、お客人ですよぉ」

井戸の方から声を上げたのは、噺家《はなしか》の三治《さんじ》である。

物干し場の手摺《てすり》から顔を出すと、三治のいる井戸端に立っていた『信濃屋』の女中のおはなが、顔を上げて会釈をした。

「なにか」

「この先の寿松院というお寺で、ご隠居様がお待ちなんですが、おいでいただけないかと思いまして」

思いがけないおはなの言葉に、六平太は少しうろたえたが、

「着替えたら行きますんで、寺でお待ちを」

そういうと、物干し場から二階の寝間に入り込んだ。


寿松院は、『市兵衛店』のある浅草元鳥越町からは目と鼻の先にあった。

寿松院の西側と境を接している、もうひとつの浅草元鳥越町を合わせたくらいの境内があって、御蔵前界隈では西福寺《さいふくじ》に次ぐ広さがあった。

『市兵衛店』を出た六平太は、寝間着から錆浅葱《さびあさぎ》色の単衣に着替え、鉄色の帯を締めて刀を差し、浅草御蔵に通じる道に大股で出て寿松院の裏門へと向かう。

六平太が熊八や三治など『市兵衛店』の住人らとよく飲み食いをする居酒屋『金時』の前を通り過ぎた先を左に折れて、六平太は寿松院の裏門を潜った。

すると、門の中に立っていたおはなが、

「ご隠居様は、経堂でお待ちです」

そう言って、六平太の先に立った。

大屋根を誇る本堂よりは小振りな建物が本堂の右手にあり、その階《きざはし》の下方に腰を掛けているおすげの方に足を速めた。

するとおすげは立ち上がり、

「急なことにも拘わらず、おいでいただき恐れ入ります」

丁寧な挨拶をされて、六平太は少し戸惑ってしまった。

「ご隠居様、わたしは本堂の中を拝見してまいりますので」

おはなは気を利かせて、その場から離れていく。

するとおすげは、

「日本橋から歩いて来ましたので、腰掛けさせてもらいますよ」

「どうぞ」

六平太が返事をすると、おすげはゆっくりと、再度階に腰を下ろし、

「あなた様に、折り入ってお聞きしたいことがあって、訪ねてまいりました」

「ほう」

おすげからあなた様と言われて驚いた六平太だが、折角だから、聞きたいということを聞くだけは聞くつもりになった。

「この前、本願寺の灌仏会に行ったわたしの孫たちに会って貰いましたが」

「ええ、覚えてます」

六平太は、穏やかな物言いをしたおすげに答えた。

「あの中に、女房にしてもいいと思う娘はいませんでしたかね」

「へ？」

あまりのことに、六平太はうろたえてしまった。

「どうです」

真顔のおすげは、射るような眼で六平太を見た。

「そんな、女房になんて、居ませんよ」

「一人も？」

「はい。ただ」

「ただ？」

おすげが思わず身を乗り出した。

「敢《あ》えて気に入ったと言えば、お冴ですね。だが、今年十四、五という年頃ですから、このおれの女房ってわけには行きませんがね」

六平太から眼を離さないまま、おすげは低く、「ううん」と唸《うな》り声を洩らす。

「番頭さんの年が五十過ぎとすると、あのお冴は五十助さんのおかみさんの連れ子ですかね」

「いいえ。五十助の実の子ですよ」

そういうと、おすげは商家の番頭のしきたりを口にし始めた。

商家も規模が大きくなると、奉公人の多くは住み込み働きとなる。

主に認められて手代から番頭に出世したら、やっと一人暮らしを許され、女房を持てるのだ。

五十助は四十を目前にして番頭になり、その年に女房を貰って、翌年に生まれたのがお冴ということだった。

「しかしご隠居さん、女房を世話しようなんて、おれには女っ気がないと思ってのお申し出だったんですか」

小さく笑みを浮かべた六平太は、皮肉めいた物言いをおすげに投げかけた。

「いい人がおいでなのですか」

「長年通い詰めてる女が、音羽の方におりまして」

「めおとではないのですね」

「ま、同じようなもんですが」

そう答えて、軽く首の後ろを叩いた六平太は、階の左右に延びている低い石垣に腰を掛けた。

そこで、階に掛けたおすげとは、並んで裏門の方を向く形になった。

「本心を言えば、うちの孫娘の誰かと夫婦になって、『信濃屋』に入ってもらいたかったのですがね」

「ははは、ご冗談を」

六平太は笑い飛ばした。

「あなた様を見ていると、倅の太兵衛とも番頭の五十助とも早々に打ち解けて、忌憚《きたん》のないやり取りをしているように思えたのですよ」

「えぇまぁ、お二方とも、大店の主である番頭であると、ふんぞり返っていないところが、こちらも気が楽でして」

「そうならば、あなた様に『信濃屋』に入って、目配りをしてもらいたいのですが、如何《いかが》でしょう」

「いやぁ、如何も何も、おれは剣術のほかはなんの取柄もなく、まして商いの目配りなんか、からっきしいけません」

六平太は片手を大きく左右に振った。

「わたしがあなた様に求めておりますのは、算盤勘定《そろばんかんじょう》ではございません。これからの『信濃屋』には重しというものが要るのです。上野《うえの》のお山の五重塔がちっとやそっとの大風でも倒れないのは、あの塔の真ん中に心柱という大黒柱が一本、上から下に通っているからだと聞いたことがあります。先日来、あなた様の言動を見聞きしておりますと、揺るぎのない信念のようなものが窺えます。腹の据え方といいますか、生きる上の信条というものを持っておいでだ。そんなものを、主の太兵衛にも、いずれ家に戻って来る太兵衛の倅にも、番頭はじめ『信濃屋』の奉公人たち皆に根付かせたいのですよ、秋月様」

「しかし――」

「それが叶えば、『信濃屋』にはゆるぎない心柱が立つことになるのです」

そう言い切ると、おすずが六平太に顔を向けた。

「いやぁ、それはおれには無理ですな」

笑顔でそう返事をすると、六平太は腰を上げ、

「そんなことは、主の太兵衛さんに任せることですよ」

見上げた空に向かって唄《うた》うような物言いをすると、おすげの方を見て、

「今の太兵衛さんは、ご隠居に手綱を取られて、身動き一つ出来ないように見えますがねぇ」

努めて穏やかに口を開いたが、じっと前を向いたおすげの横顔は、まるで石のように硬い。

「一度、その手綱、放してやっちゃどうです」

六平太は、さらに静かに語りかけたが、おすげからはなんの反応もない。

玉砂利を踏むおはなの下駄の音が近づいて来ると、無表情のおすげはゆっくりと階から腰を上げた。

大川《おおかわ》の西岸一帯は日暮れ時を迎えている。

日が沈んでから四半刻ばかりが経った頃おいだから、明るみはまだ微かに残っていた。

だが、六平太の行く手に見える浅草御蔵の建物の群れは黒々と重なって見える。

御蔵前の大通りに立ち並ぶ米問屋などの大店のほとんどは大戸を閉めており、明かりを灯《とも》しているのは船宿や旅籠、それに大小の料理屋や居酒屋の類である。

『信濃屋』へ奉公しないかとの誘いを掛けられた日の日暮れ時だった。

この日の昼前、寿松院で会った後、おすげとおはなは、柳橋《やなぎばし》から船を雇って大川を下って日本橋川に入り、茅場《かやば》河岸から歩いて日本橋通二丁目に行くことになった。

六平太は二人を柳橋まで送り届けたが、寿松院から船着き場までの道すがら、おすげが六平太に声を掛けることは一切なかった。

おすげとおはなの乗った船が小さくなり、両国橋を潜るまで見ていた六平太は、これで『信濃屋』との付き合いはなくなるだろうという思いを抱いていた。

惜しいこともなく、安堵《あんど》したということもないが、少し肩の荷が下りたような気分ではあった。

この日、これという用事のなかった六平太は、久しぶりに浅草へ足を延ばすことにしたのだ。

浅草には、浅草十番組『ち』組の火消しで、纏持ちの音吉《おときち》と夫婦になって住んでいる妹一家の家があり、そこには十になるおきみと四つの勝太郎《かつたろう》という、六平太の姪と甥《おい》もいる。

居職《いじょく》の職人たちが多く住んでいる浅草聖天《しょうでん》町は、下駄を削る音や樽の箍《たが》を嵌《は》める音、鋸《のこぎり》の音などが方々から聞こえて、いつも賑やかだった。

そんな町の、表通りから少し奥まった角地にあるのが、音吉一家の住む平屋の一軒家である。

「ごめんよ。いるかい」

戸口の外から声を掛けたが、家の中からはなんの返答もなかった。

もう一度声を掛けた時、

「あら、元鳥越のお兄さんじゃありませんか」

青物を載せた笊を持った、近所の畳屋の女房が六平太の傍で足を止め、

「佐和《さわ》さんをお訪ねですか」

と、笑みを向けた。

「そうなんだが、誰もいないようだ」

「音吉さんが鳶頭の家に行った後、『ち』組の火消しの女房たちに誘われて、向島《むこうじま》のどこかに藤の花を見に行くって、朝のうちに、おきみちゃんと勝ちゃんと出かけて行

ったんですよ」

「となると、昼餉は花見の先で食ってくるな」

六平太が独り言を口にすると、

「多分、そういうことになるだろうねぇ」

気の毒そうに相槌《あいづち》を打った女房から、

「なんなら、音吉さんの家で待てばいいじゃありませんか」

そんな声を掛けられたが、六平太はそれを断って、浅草駒形《こまがた》町にある顔なじみの親父がやっている鰻《うなぎ》屋の二階に上がった。

鰻の蒲焼《かばやき》が焼き上がる前に頼んだ冷酒を飲むうちに、いい心持ちになった。

部屋からは、夏らしく日射しを照り返す大川の流れが望めて、ついつい盃を重ねることになった。

出来てきた蒲焼を食べ終わるころには、すっかり酒が回り、店の親父に断ってひと眠りさせてもらうことにした。

ところが、ひと眠りでは済まなかったのだ。

鰻屋の女中に起こされた時、窓の障子からは日の光が消えていた。

女中によれば、六つの鐘が鳴ったばかりだという。

勘定を済ませて表に飛び出した六平太は、浅草聖天町に向かいかけた足を止めた。

これから佐和の家に行っても、長居は出来ない。

また折を見て行くことにするか——六平太は腹の中で呟くと、踵を返して元鳥越町の『市兵衛店』へと足を向けていたのである。

夕暮れの迫りかけた『市兵衛店』の自分の家の戸を開けた時、

「秋月さん、今でしたか」

路地を挟んではす向かいの家の戸が開いて、箸を手にした熊八が出て来て、口の中のものをごくりと呑み込んで口を利いた。

「おぉ」

六平太が返答すると、

「たったいま、神田岩本町の『もみじ庵』の使いが来て、六つ半（七時頃）か、それより四半刻が過ぎた時分にお出で願えないかということでしたが」

「行きたくないときはどうすればいいか、向こうはなんか言ってなかったか」

「なにも」

熊八から、愛想のない返事があった。

六つ半なら、今からでも間に合う時分ではあった。

「はぁ」

六平太は小さな溜息を洩らした。

五

神田岩本町界隈は、夜の帳《とばり》に包まれていた。

昼間店を開けている小店の多くは戸を閉めており、町家から洩れ出る明かりも乏しい。

神田川に架かる新《あたら》シ橋《ばし》を渡った六平太は、玉池稲荷《たまいけいなり》近くの松枝町《まつえだ》で、左に折れて岩本町へと向かっていた。

弁慶橋《べんけいばし》近くで灯《とも》る常夜灯の明かりの先にある『もみじ庵』の雨戸は大方閉められていたが閉め残された、障子一枚に中の明かりが映っている。

その障子戸を引き開けた六平太は、

「今時分、何の用だい」

砕けた物言いをして土間に足を踏み入れた。

すると、板張りの帳場机の傍には主の忠七が居り、その向かいには肩を落とした『信濃屋』の太兵衛の横顔があった。

「こりゃ、いったい何事だよ」

六平太が不審を口にすると、

「秋月さんあなた、今日、うちのおっ母さんと会ったそうですねっ」

腰を浮かせた太兵衛が、咎《とが》めるような声音をぶつけた。

「別におれが望んだわけじゃねぇ。洗った着物なんかを干してたら、ご隠居が近くの寺にいるからって、お付きのおはなさんに呼び出されたんだよ」

土間に立った六平太が口を尖らせると、浮かせた腰を下ろした太兵衛が両手を膝に置いて背筋を伸ばし、

「秋月さん、おっ母さんと今日、何があったんですか」

大きく息を吸って睨みつける。

「何がったって、もう、あれは正気の沙汰じゃないね。この前灌仏会に行った娘っ子のなかで、嫁にしたいと思う相手はいないかって聞かれてしまったよ」

「えっ」

驚きの声を洩らしたのは忠七だった。

「秋月さん、そんないい加減な話はおやめくださいっ」

強くいうと同時に、太兵衛は土間の六平太に向けて、膝をほんの少しツッと進めた。

「おっ母さんは帰って来るなりわたしを呼びつけて、秋月さんと会ったと言いましたよ。そしていきなり、倅のお前を『信濃屋』の跡継ぎにしたが、それでよかったかど

うか、揺らいでいるというではありませんか」

そんな話を聞かされても、太兵衛に叱責を受ける覚えは六平太にはなく、ただただ戸惑うばかりだ。

「跡継ぎのお前が継ぐべきものだという思いで『信濃屋』を継がせたが、それが太兵衛にとって良かったことかどうか今になって揺らいでいるなんていうんですよっ。もしかして、太兵衛の思いを聞くことなく『信濃屋』の暖簾で縛り付け、繋《つな》ぎとめてしまったのではないか、そんな迷いがあるのだと洩らすじゃありませんか」

「太兵衛さん、それがおれとどう関わりがあるんだね」

わけのわからない太兵衛の物言いに焦《じ》れて、六平太は少し声を強めた。

「だってあぁた、おっ母さんに説教したっていうじゃありませんか」

太兵衛は憤怒《ふんぬ》の形相になった。

すると、忠七まで、

「秋月さん、ご隠居さんに何を言ったんですかっ」

目を吊《つ》り上げると、

「秋月さんはおっ母さんに、お前は太兵衛の手綱を引いてると物申したんだそうだよ」

太兵衛は忠七に向かって訴えかけた。

「それで、ご隠居さんはなんと？」

忠七は腰を折って、太兵衛の顔色を恐る恐る窺う。

「わたしがもし手綱を引いていたのなら、その手綱を外す。だから、お前にこの道を行きたいと思うものがあるのなら、止め立てはしない。弟の巳之助《みのすけ》が三味線の道に進んだように、お前にこれという道があるのなら、自分の行きたいような道を行くがいいと――」

「旦那に、そんな道がおありですか」

またしても、忠七が太兵衛を窺った。

すると、

「そんなもの、わたしには、ないっ」

太兵衛は吐き捨てて、

「『信濃屋』を継ぐことにも否応はなかったのですよ。だから、おっ母さんが、今になって行きたい道を行けと言ったのは、商人としてのわたしを見限ったに違いないのだよ」

言い終わると、唇を噛《か》んでガクリと項垂《うなだ》れた。

「太兵衛さん、お前さん他にやりたいことは本当にないのかい」

六平太が静かに問いかけると、太兵衛はゆっくりと顔を上げた。

「いやいやながら『信濃屋』を継いだんじゃないのかね。『信濃屋』の商いを、好きなのか？」

そう問いかけた六平太に、太兵衛は焦点の定まらない眼を向けると、

「おっ母さんに跡を継げと言われたとき、わたし、好きとか嫌いとかなんて、考えもしませんでした。おっ母さんがいうことに逆らってはいけない。そんな風に過ごしてましたから、口を挟むことなんて――」

そこで一旦口を閉じた太兵衛は、

「そんなわたしを見かねて、おっ母さんはとうとう、突き放すことに決めたんですよ、きっと」

と、再度、項垂れた。

「今のご隠居さんは、やむに止まれぬ事情があって、六代目として『信濃屋』を背負われたんですよ」

忠七が、おすげがなぜ『信濃屋』の暖簾を引き継ぐことになったかを、静かに語り始めた。

四代目の当主には、長男と、長女のおすげがいたのだが、絵心のあった長男は親に逆らって家を出ると、絵師の道へと進んだため、それゆえに『信濃屋』を引き継ぐのは、娘のおすげしかいなかったという。

その当時、おすげには恋仲の男がいたのだが、父親や親戚によってその仲を引き裂かれて、親戚筋から口利きのあった宇兵衛《うへえ》という婿養子を取って、五代目の当主に充てた。

好人物だったものの、太兵衛、加恵《かえ》、巳之助という三人の子を儲けるとすぐ、流行《はや》り病《やまい》に罹《かか》って、あっけなく死んだのが、三十八年前のことだった。

「そんな事情を知ったのは、『信濃屋』さんに口入れをするようになってからのことだが、五代目に成り代わって、『信濃屋』を切り盛りするようになったおすげさんは、そりゃ、獅子奮迅《ししふんじん》の働きぶりでしたよ」

忠七はそこで一旦息を継ぐと、さらに話を続けた。

「意地というものがあったんですよ。恋仲の男との間を裂いた親と親戚への恨みが意地となったに違いありません。だから、長らく低調だった商いを盛り上げ、『信濃屋』を評判の木綿問屋にしたんだと、わたしは思ってます」

忠七がこれほど能弁になったのを、六平太は初めて目の当たりにした。

その話を、太兵衛は身じろぎもせず聞いていた。

「そんな昔話を、太兵衛さんは知っていたかい」

尋ねた六平太に、太兵衛は黙って首を横に振る。

「太兵衛さん。おっ母さんはなにも、お前さんを見限ってるわけじゃねぇと思うんだがね」

「うん、そりゃぁ秋月さんのいうとおりですよ、太兵衛さん。見限っておいでなら、行きたい道へ行けなんて、そんなまだるっこしい物言いなんかしないで、ご隠居さんなら一言、出ていけですよ」

忠七はそう決めつけた。

「うん。おれも親父のいうとおりだと思うね。太兵衛さん、おっ母さんはどうもね、ものをはっきりと言わないお前さんが歯がゆいのだよ」

六平太の言葉に、太兵衛はゆっくりと顔を上げた。

「お前さんに、『信濃屋』への思いというか、こうありたいというようなもんがあったら、いっぺん、それをおっ母さんにぶつけてみたらどうだい」

「ぶつけるんですか」

「そう。怒鳴られてもいいから、ぶつけちまうことだよ」

六平太が笑みを浮かべてそういうと、天を仰いだ太兵衛は、大きく息を吐いた。

『市兵衛店』の夕刻は、いつものことながら騒々しい。

井戸で米を研ぐ六平太の近くでは、仕事帰りの大工の留吉と、一日中、江戸の町を歩いて災難除《よ》けのお札《ふだ》を売った熊八が、埃《ほこり》にまみれた足を洗っている。

喧嘩《けんか》でもしているのか、猫の唸り声も届くし、貝谷家からは素読をしている小四郎の声もする。

口入れ屋『もみじ庵』に呼び出された六平太が、忠七や太兵衛と話し合いをした夜から、五日が経った日である。

「子曰《いわ》く、三人行けば、必ず我が師あり。その善なる者を択《えら》びて之に従ひ、その不善なる者にして之を改む、と」

深川の学問所に通う小四郎の声は、若かりし頃、六平太も耳にした覚えのある論語の一節だった。

「さて、飯を炊くか」

六平太はそういうと、研いだ米に水を注いだ釜を抱えて路地の奥の我が家へと駆けこむ。

土間の竈《かまど》では、先刻火を熾《おこ》した小枝が燃え盛っており、そこに釜を置く。

さらに、炎を上げている小枝の上に、脇に置いていた薪《まき》を三、四本載せる。

火が薪に燃え移れば、四半刻ばかりで飯は炊き上がるはずである。

炊き上がる間に味噌汁を作ろうと、竈の火を粗朶《そだ》に取り、七輪に敷き詰めた別の粗朶に火を移す。

すぐに七輪の粗朶に火が点《つ》く。

そこに細かい木っ端を差し込んで火の手を上げると、水を入れてある鉄鍋を載せた。湯が沸けば葱《ねぎ》を切って入れて、味噌を溶いて油揚げを加えた味噌汁にするつもりである。

「秋月さんの家はここですから」

路地から熊八の声がしてすぐ、戸口が開けられ、

「秋月さんをお訪ねですよ」

顔を覗かせた熊八が、角樽《つのだる》を提げ、大きな風呂敷包みを背負った五十助を六平太の目の前に導く。

「こりゃ番頭さん」

「こんな刻限に伺いまして、どうも」

五十助が律儀に腰を折った。

「とにかく、中に入って荷物を下ろしなよ」

「へぇ」

六平太の勧めに応じた五十助は、土間に入るとすぐ、角樽を框に置き、重そうな風呂敷包みを板の間に下ろした。

「それじゃわたしは」

そういうと、角樽に眼を向けていた熊八は戸口を離れた。

「これは、主の太兵衛から言いつかってお届けに上がった角樽と、木綿です」

風呂敷包みを解いた五十助は、中に入っていた木綿の反物を五つ、角樽の脇に積み上げた。

「これはなんだい」

六平太が訝ると、

「今日、主の太兵衛から言付かったことをお伝え申します」

五十助は幾分改まり、

「主太兵衛が、先日ご隠居様にお伺いを立てて決まったことを秋月様に申し上げます。三年前から修業のため霊岸島《れいがんじま》の醬油問屋に住込み奉公に出していた主太兵衛の倅、尚作を、近々『信濃屋』に戻して木綿問屋の仕事を覚えさせるとともに、その後見を、ご隠居様にお願いしたいと申し出られました。旦那様の思惑をお聞きになったご隠居様は、顔ではムスッとなさったそうではありますが、遂にはその役目をお引き受けくださるとのご返事があったそうで」

「ほう」

六平太は、驚きというよりも、楽しげな声を上げた。

「そのご報告を、秋月様にしてくるよう言いつかってまいったのでございます」

そう告げた五十助は、

「つきましては、ご隠居様の口利きで、わたしの娘が、ご隠居様のお側《そば》に仕えることになりまして」

「おぉ、あのお冴さんがか」

六平太が声を挟むと、五十助は大きく息をついて、

「へぇ。わたしには、旦那様が『信濃屋』をどうしようとなすっているのか、何が何だかよくわかりませんで」

五十助は盛んに首を傾げた。

「太兵衛さんは、どうやら、『信濃屋』を変えようとしておいでのようだ」

「変えると言いますと」

「『信濃屋』はこの後、ゆっくりと太兵衛さんの色に染まって行くということだよ」

六平太はそう言ったが、

「では、わたしは」

五十助は辞去の言葉を残して、依然として首を傾げつつ土間から出て行った。

すると、路地の方から、「お帰りで」とか「ご苦労様、気を付けてな」とかいう、熊八や留吉の声が届いてすぐ、その二人が土間へ飛び込んできた。

「秋月さん、今のお店者は、抱えてきた荷物をここに置いて行ったようだねぇ」

そう言った留吉の眼が、框の角樽に向けられると、

「これは中身のない、ただの樽でござろうか」

熊八が角樽を指さす。

「空かどうか、持ち上げてみちゃどうだい」

六平太の言葉に、熊八と留吉が手を伸ばして角樽を持ち上げた。

「秋月さん、中身は入っておりますよ」

熊八が囁くと、

「しかも、たっぷりとね」

留吉が、笑いを嚙み殺して囁いた。

「てことは、『市兵衛店』の酒飲み達に振舞うしかねぇってことだな」

六平太がそういうと、熊八と留吉が露骨に目尻を下げた。

「おい、留っ、どこで何をしてるんだよぉ」

井戸の方から、お常の怒鳴り声が轟くと、

「そしたら秋月さん、また後で」

「それでは四半刻後に」

留吉と熊八は、小声でそう言い残すと、路地へと出て行った。

六平太が酒を貰うのは特段珍しいことではない。

そんな時は、いつも長屋にいる者たちに振舞うことにしている。

気の置けない連中との酒盛りはいつも楽しい。
ふふと笑った六平太が角樽を軽く叩くと、折よく、六つを知らせる時の鐘が届いた。
それが、浅草寺の鐘か上野東叡山《とうえいざん》のものかは、判断がつきかねた。

第二話　迫る影

一

浅草元鳥越町《あさくさもととりごえちょう》の『市兵衛店《いちべえだな》』は、夜半からの雨が降り続いていた。

夜明け前は雨脚も強かったが、夜が明けてからは、しとしとと大人しい降り方をしている。

この雨で仕事に出られない大工の留吉《とめきち》と大道芸人の熊八《くまはち》は暇を持て余し、半刻《はんとき》（約一時間）前から秋月六平太《あきづきろっぺいた》の家に転がり込んでいた。

用があるわけではなく、ただなんとなく上がり込んで茶を飲み、世間話をしていただけだった。

六平太にしても、口入れ屋『もみじ庵《あん》』からの使いによって、今日の付添いの仕事は取りやめとなっていたので、二人の訪問は暇つぶしになっていた。

とはいえ、半刻も経《た》つとこれという話は大方尽きて、沈黙と溜息《ためいき》が増えた。降りは弱くなったものの、話が途切れるたびに、すっと雨音が忍び込む。あと十日もすれば月が五月に変わるという、四月二十日の四つ（十時頃）時分である。

「子曰《いわ》く、朝《あした》に道を聞かば、夕《ゆうべ》に死すとも可なり、と」

雨音に交じって、隣家の小四郎《こしろう》の素読の声が聞こえた。

「あれは、時々、夜にも読んでる本ですかね」

火の気のない長火鉢の縁《へり》にかけた手に顎《あご》を載せている留吉が口を開くと、

「時には朝早くから読むこともありますよ」

板張りで手枕《てまくら》をしている熊八がのんびりと応じた。

「し、いわくと言ってますが、何を言ってんですかね」

「しっていうのは、我が師ってことですよ、留吉さん」

熊八が口を挟むと、

「熊さんは物知りだねぇ」

と、留吉が縁から顔を上げた。

「我が師匠は申された。朝に道を聞かばっていうのは、朝方、物事の道理を知って悟るなら、夕方には死んでも構わんということさ」

長火鉢の縁に頬杖《ほおづえ》を突いていた六平太が、間延びしたような声を出すと、

「朝のうちに悟ったのに、夕方死ぬまでこの男は何してやがったんだ？」

そういうと、留吉は背筋を伸ばす。

「人には、迷いというものが芽生えるものです」

熊八がもっともらしい口を利くと、

「なるほど。日の出とともに悟り、日の入りとともに死ぬのかぁ。秋月さん、こりゃなんですか、武士道の心得かなんかですかね」

「武士に限らず、人としての生き方を説いた清国《しん》の古い書物の一節なんだよ」

六平太の答えに、留吉は「はぁ」と唸《うな》り、

「こういう学問をする小四郎さんは、偉いね」

「ほんとに偉い」

熊八が賛同の声を発すると、留吉はしきりに感心して、何度も首を振った。

「わたしらは、仕事がないとこうやってだらだらするしか手はないが、勉学に励む小四郎さんには頭が下がります」

そう言った熊八は、本当に頭を下げる。

「けど、秋月さんの付添い稼業は、雨風に左右されることはねぇでしょ」

「あるよ。そりゃ、料理屋や芝居の付添いならともかく、船遊び、墓参りとなると、

今日のように早々に断りが入って、このざまだよ」

溜息交じりに愚痴を零《こぼ》した六平太が、土瓶を持って湯呑《ゆのみ》に注《つ》ごうとしたとき、

「誰か来たか」

ふと呟《つぶや》いて耳を澄ます。

「傘を打つ雨音ですな」

耳を澄ました熊八も囁《ささや》いた。

「留さん、いるのかい」

路地から届いた声は、聞き覚えのある大家の孫七《まごしち》のものである。

「うちのは、秋月さんとこに行ってますよ」

孫七に返答したのは、留吉の女房のお常《つね》の声だった。

「こんな日に孫七さんが来るのは、店賃《たなちん》の催促かな」

そういうと、熊八は不安そうに首を捻《ひね》り、

「おれは払ってるぜ」

留吉は胸を張った。

「秋月さん」

「声は聞こえたから、勝手に入ってくださいよ」

戸口に立った孫七に、六平太が答えると、すっと戸が開いて、傘を畳んだ家主の市《いち》

兵衛《べえ》に続いて孫七も土間に入り込んだ。

「市兵衛さんも一緒でしたか」

　留吉が声を上げると、

「こりゃ、お揃《そろ》いで」

　市兵衛は中にいた三人に笑みを向けた。

「市兵衛さんも孫七さんも、そんなとこに立ってないで、上がってくださいよ」

「すぐに引き上げますから、ここで構わないよ」

　市兵衛が六平太に返事をすると、

「それでは早速用件を」

　抱えていた風呂敷包みを板張りに置いた孫七が框《かまち》に腰掛けると、風呂敷の結びを解《ほど》く。

　すると、包まれていた二段の重箱が現れ、重なっていた二つを並べてその蓋を取った。

「おぉ」

　重箱の中を見た留吉と熊八から、驚きの声が上がった。

　彩《いろどり》も鮮やかな、赤飯も付いた花見弁当である。

「さっき、日本橋《にほんばし》の倅《せがれ》が小僧を連れてやってきて、これを置いて行ったんだよ」

市兵衛も框に腰を掛けると、そういう。

「日本橋のお店では、お得意先を招いて亀戸《かめいど》に藤の花を見に行くことになっていたそうなんですが、夜中に降り出した雨のせいで、花見はやむなく取りやめになったそうで」

「それで、亀戸まで運ぶことになっていた昼餉《ひるげ》の弁当が無駄になるから、知り合いにも分けてくれと、倅が置いて行ってくれたもんだから、ここに残っている店子の昼餉になればと思ってね」

孫七に続いて市兵衛が経緯《いきさつ》を語ると、

「こんな雨の中、福井《ふくい》町から家主さんがわざわざ弁当を届けてくださるなんざ、ありがたいこってすよ」

感激しきりの留吉の口から、そんな言葉が出た。

「わざわざと言っても、福井町からここまでは、大した道のりじゃありませんよ」

市兵衛はそういうと、笑顔で片手を打ち振った。

市兵衛が口にした倅というのは、市兵衛の実の倅で、日本橋で四代続く茶舗の当代の主《あるじ》である。

茶舗を倅に譲って隠居した市兵衛は、浅草福井町の持ち家に移り住み、茶舗の番頭を務めていた孫七を『市兵衛店』の大家にしていた。

「開けますよ」

外からお常の声がして、戸が開けられた。

土間に入ったお常は、持って来た土瓶と湯呑の載ったお盆を急ぎ板張りに置くと、

「これはなんだい」

重箱の弁当に目を瞠《みは》った。

「市兵衛さんからのおすそ分けだよ」

留吉がそういうと、

「わたしも食べられるのかい？」

お常は両手で口を覆う。

その間に、お常が持って来た土瓶の茶を二つの湯呑に注いだ熊八が、

「どうぞ」

甲斐甲斐《かいがい》しく市兵衛主従の脇に置く。

「遠慮なく頂くよ」

そんな声を掛けて、市兵衛は湯呑を手にした。

「しかし、他所《よそ》の長屋じゃ、店子同士がうち揃って花見に行くとか月見に行くと聞いているが、ここではそんなことはなかなか出来なかったねぇ」

しみじみと口にした市兵衛は、一口、茶を啜《すす》った。

すると、お常が、

「そりゃ仕方ありませんよ、市兵衛さん」

そう、口を開き、

「だって、店子のほとんどが出職《でしょく》の者なんですよ。昔から、まっ昼間にここにいるのは、わたしと、秋月さんのところのお佐和《さわ》ちゃんくらいでしたし、今だって、ここにいるのは雨に降られたこの三人くらいなもんですから」

と、亭主の留吉や六平太、それに熊八に眼《め》を向けた。

「ま、ここの住人は、花見やら月見なんかに出かけなくとも、住人同士上手《うま》くやってたってことじゃありませんかねぇ」

熊八が話を纏《まと》めると、

「熊さんの言うとおりかもしれないねぇ」

呟いた孫七が、しみじみと頷《うなず》いた。

その時、隣家の戸が開け閉めされる音がした。

「小四郎さんかい」

開けた戸から顔を突き出したお常が声を掛けると、六平太の家の戸口に傘を差した小四郎が立った。

「あ、これは市兵衛さんも」

中を見た小四郎が、市兵衛と孫七に軽く会釈をした。

「どこか行くのか」

六平太が問いかけると、

「何か、昼餉の食べ物を買いに行こうかと」

小四郎が返答するや否や、

「そんなことは、よしなよしな。ここにほら、こんなもんがあるからさ」

重箱を持ち上げた留吉が、立った小四郎に、弁当の中身を見せつけた。

『市兵衛店』に降っていた小雨は、九つ（正午頃）の鐘が鳴る少し前に上がった。

それから四半刻《しはんとき》（約三十分）もすると雲は切れて、路地も幾分明るくなっていた。

そんな六平太の家の中では、六平太をはじめ、熊八、小四郎が火の気のない長火鉢を囲んで箸《はし》を動かしている。

長火鉢の縁や猫板には、市兵衛が持参した重箱から取り分けた赤飯や煮しめ、玉子焼きなど豪勢な料理がいくつかの皿に盛られており、そんな昼餉を各々が黙々と口に運んでいた。

おそらく、留吉の家でも取り分けた料理を間に、夫婦差し向かいで昼餉を摂《と》っているはずである。

土間の明かり取りの障子窓にも、戸口の障子にも時々薄日が射《さ》して、長火鉢の三人を明るく浮かび上がらせた。

「しかし、美味《うま》いな」

食いながら六平太が声を洩《も》らすと、

「ええ」

熊八もそれに応じ、小四郎も大きく頷いた。

突然、バタバタと足音が近づいたかと思うと、戸が勢いよく開き、小さな人影が土間に飛び込んで、ピタリと立ちすくんだ。

「お、勝太郎《かつたろう》」

六平太が声に出したが、勝太郎は熊八や小四郎を見て固まっている。

「わたしです」

そう言いながら土間に足を踏み入れた佐和が、

「どうしたの」

長火鉢の方を指さしている勝太郎に気付いて、

「あら、熊八さんじゃありませんか」

声をかけながら入って、笑顔で会釈した。

「あの人、知らない」

勝太郎が小四郎を指して言うと、

「小四郎さん、おれの妹だが、初めてだったかな」

「はい。お噂《うわさ》はお常さんから聞いていましたが」

小四郎は佐和に頭を下げた。

「もしかして、お常さんや孫七さんが話をしていた、御父上とお隣に住まわれてるという――？」

「貝谷《かいたに》小四郎さんだ」

六平太が代わりに答えた。

「今年の初めごろからお住まいとは聞いていましたが、こちらに来る折も少なくて、失礼しました」

佐和が改まると、

「父は留守がちで、わたしも家を空けることもありますので、お目にかかることもなく」

小四郎はきちんと挨拶をした。

「佐和さん、この小四郎さんは、深川《ふかがわ》の学問所に通っておいでなのだよ」

「それはそれは」

佐和は感心して頷く。

「今日はこれから、父親の住まう音羽《おとわ》に行くのですよ。な」

佐和に語りかけた熊八だが、最後は小四郎に問いかけた。

「音羽にですか」

佐和が呟くと、

「父とは、別々に暮らす事情がありまして」

小四郎は、小声で答えた。

二

『市兵衛店』の路地に夏の午後の日射しがあった。

その明るさが、六平太の家の中にまで満ちている。

六平太と熊八たちとの昼餉が済むまで残っていた佐和が、土間の流しに立って、食事に使った皿や箸などを洗ってくれていた。

板張りの隅には、薄い上掛けを掛けた勝太郎が大の字になって寝ており、六平太は将棋盤に向かい詰将棋をしている。

「兄上。貝谷さん親子が、ここと音羽に分かれて暮らさなきゃならない事情というのは何なんですか」

洗う手を止めることなく、佐和からの問いかけがあった。

「ん。かなり以前からの、ややこしい因縁があるんだよ」

六平太は、漠然とした返事でやり過ごそうとしたのだが、

「それは、どういうことなんですか」

洗う手を止めた佐和が、前掛けで手を拭きながら土間を上がり、

「同じ江戸にいて、父と子が別々に暮らすなんて、よほどのことがあったとしか——」

そう言って、六平太の近くに膝を揃えた。

「隣りの貝谷さん父子の生国は、下野国《しもつけ》烏森藩《からすもり》でな」

六平太は将棋盤に眼を向けたまま口を開いた。

「貝谷重兵衛《じゅうべえ》殿が、江戸勤番となって江戸の藩邸に詰めていた十六年前に、国元で事が起きたんだ」

佐和は、将棋盤に駒を指す六平太から眼を離さない。

「同じ藩の郡方《こおりかた》、川俣文蔵《かわまたふみぞう》に嫁いでいた重兵衛殿の妹御が、離縁されて貝谷家に戻ったというんだ。しかも、藩のお達しで貝谷家はお家から追放となって、江戸詰めだった貝谷さんはこの江戸で浪人になったというわけだ」

「お家からの追放など、よほどのことがあったのでしょうか」

佐和から、鋭い問いかけが来た。

幼い時分、六平太の父の後添えとなった母親に連れられて秋月家に入った佐和は、その後、身に覚えのない謀反人《むほんにん》の烙印《らくいん》を押されてお家を追われた秋月家の憂き目を見た記憶があるのだろう。

「重兵衛殿の妹御は、川俣家の若い家士との不義密通が知られたそうだ。しかも、その密通の相手は、夫の文蔵の手で、打ち首となったんだ」

そんな話に、佐和からの反応はなかった。

「それから四月後、貝谷家の下男をしていた老爺《ろうや》の口利きで移り住んでいた城下から離れた農村の家で、妹御は男児を生んだんだよ。それが、小四郎だ」

「その小四郎さんが江戸に来たのは、国元にいられない事情でもあったのですか」

「母親は、産後の肥立ちが悪く、小四郎を生んでから二月後に死んだのだ」

「ま」

佐和から小さな声が洩れた。

「そんな乳飲み子の世話をしていた小四郎の祖父母も、三、四年の間に前後して死んだ。そのことを元の下男からの文で知らされた重兵衛殿は、小四郎を江戸で引き受けることにしたんだ」

江戸に連れてきた下男だった老爺から、その道中、『江戸の父上のもとに届ける』

と小四郎は聞かされていた。江戸に来てからは重兵衛を父親として大きくなった。

　重兵衛は読み書きが出来たので、父子二人の暮らしは立った。

　六平太がそこまで話した時、

「二人が江戸で別々に暮らす、そのややこしい因縁とはなんなのでしょう」

　佐和は、腑《ふ》に落ちない口ぶりをした。

「国元の川俣家に困ったことが持ち上がったのだ」

　重兵衛の妹を離縁したのち、川俣文蔵は後添えを取ったのだが、生まれた男児を幼くして亡くしたあと、その後何年たっても子が生まれなかったと、六平太は話した。

　男児がいなければ、家名が絶たれるのが武家の習いであった。そのために養子をとって家督を譲る方策もあったが、その養子探しは悉《ことごと》く不調となった。

　二年ほど前、国元で勤めていた川俣文蔵は、重兵衛の妹が藩内の村落で男児を生んだと知ったのだ。

　貝谷家の下男をしていた老爺を訪ねたが、本人は数年前に死んでおり、家を継いだ長男は、己の父親が生まれた男児を江戸に連れて行ったことは知っているが、どこの誰のところかは知らないとの答えだった。

　だが、離縁した妻の兄、貝谷重兵衛は国元に戻らず、浪人となって江戸にいるに違いないと川俣は確信したようだ。

川俣文蔵としては、なんとしても小四郎を川俣家の跡継ぎにと望んだと思われる。

それから一年後、川俣文蔵は江戸勤番が叶《かな》い、江戸藩邸に詰めることになった。

その傍ら、重兵衛の顔を見知ったことのある年下の勤番武士を手足に使い、勤めの合間に重兵衛探しに奔走したと思われた。

その挙句、神田川《かんだがわ》近くで辻八卦《つじはっけ》の台を置いていた重兵衛は、顔を見知った江戸藩邸の者に見つかったのである。

「その後、重兵衛殿の傍《そば》にいた小四郎のことも知り、川俣文蔵たちが神田川近辺を動き回り始めたんだ。だから、重兵衛殿が浅草元鳥越町界隈《かいわい》に姿をさらすのは剣呑《けんのん》だということで、しばらく別々に暮らすことにしたんだよ」

烏森藩大久保《おおくぼ》家の中屋敷は日本橋浜町《にほんばしはまちょう》にあって、そこに詰めている川俣らと遭遇する危うさがあった。

「しかし兄上、離縁されたとは言っても、父親のお家の跡継ぎにと望まれるのであれば、めでたいことではないのですか」

佐和からの声に、六平太は手にしていたいくつかの駒を盤上にそっと落とした。

「川俣文蔵は、小四郎の父親じゃないんだよ」

「え」

佐和が咽喉《のど》に詰まったような声を洩らす。

「本当の父親は、死んでる」

「死んだと、いいますと――」

「重兵衛殿の妹御の不義の相手として手討ちになった、川俣家の家士さ」

身を固くした佐和から、息を吐く音がした。

「そのことを、当の川俣が知っているのかどうかは、分からん。分からんが、川俣家の家名存続という事情のために、小四郎を引き渡すわけにはいかないというのが、重兵衛殿の腹なんだよ」

六平太が話を締めくくると、佐和は大きく肩を動かして頷き、

「死んだ妹さんのお子を守ろうとするお人もいるというのに」

そこまで口にした佐和は、後の言葉を呑《の》み込んで立ち上がると、再び土間に下りた。

後の言葉を、佐和がなんと言おうとしていたのか、六平太は勘づいていた。

妹の子を必死に守る人もいれば、実の子をないがしろにしている父もいる――おそらく、穏蔵《おんぞう》によそよそしい六平太への誹《そし》りを口にしかけたに違いない。

「そうそう。音羽の穏蔵さんの仮祝言は五月とのことだけど、兄上は、列席するのでしょう」

洗い物を水切りの笊《ざる》に並べながら、佐和から尋ねられた。

「あぁ」

「誰かに、新郎との間柄を聞かれたら、なんと答えるつもりなんですか」

「死んだ友人に、幼い穏蔵を託された者だというだけさ」

六平太が冗談めかした物言いをすると、軽く溜息をついた佐和が、

「兄上、勝ちゃんを起こしてください。そろそろ戻りますから」

「お」

声を出した六平太は、寝ている勝太郎に両手を突いて近づくと、小さな足の裏をこちょこちょとくすぐる。

が、勝太郎はくすぐられた方の足をぴょんと蹴り上げただけで、目覚めることはない。

「そんなことじゃ起きませんから、思い切って立たせてください」

佐和の指示通り立たせると、六平太の目の前で、寝ぼけた勝太郎の鼻提灯《ちょうちん》が弾《はじ》けた。

居酒屋『金時《きんとき》』に入ったのは、六つ（六時頃）の鐘が鳴り終わって四半刻ばかりが過ぎた時分だった。

妹の佐和は、頂き物だという筍飯《たけのこめし》を置いて行った。

その筍飯をほんの少し食べたら、睡魔に襲われて午睡をしてしまった。

目覚めた時は七つ半（五時頃）という頃おいになっていたから、夕餉を作るには遅かった。

貰いものの食い物が重なったおかげで、腹はまだ減っていない。

さてどうするかと伸びをしたところへ、

「秋月さん、今日の夕餉はどうします」

そう言いながら入って来た熊八が、欠伸《あくび》を嚙《か》み殺した。

「食う気はしねぇから、湯屋《ゆや》に行ってから『金時』に行って、冷酒と肴《さかな》ですまそうじゃないか」

「それがいいですな」

熊八が六平太の案に乗って、二人はうち揃って森田《もりた》町の『よもぎ湯』へ向かったのである。

湯屋を出た二人は、一旦『市兵衛店』に戻って湯桶《ゆおけ》を置き、手拭いを干してから居酒屋『金時』に繰り出したのだった。

『市兵衛店』からの出がけに留吉に声を掛けたが、駄目だという女房のお常とひと悶《もん》着《ちゃく》起こしたので、無理強いをせずにその場を離れたが、冷酒と肴が六平太と熊八の前に運ばれる頃、目尻を下げた留吉が現れて合流した。

「昨夜から、三治《さんじ》の姿を見てないな」

何杯目かの酒を飲んだところで六平太が口を開くと、

「そういえば、昨夜は帰ってきた様子はありませんでしたがね」

三治の隣りに住む熊八が、そう述べた。

「へへへ、どこかにいい女でも出来ましたかね」

留吉は当てずっぽうに言ったのだろうが、それは当たっていた。

深川二ノ鳥居前の料理屋『村木屋《むらきや》』の娘、お紋《もん》と忍び逢《あ》っていることを、六平太はとっくに知っているのだ。

「秋月さんたちは、向こうだよ」

大声を上げたのは、お運び女のお船《ふね》だった。

すると、土間で草履《ぞうり》を脱いだ三治が板の間に上がり、菫《すみれ》色の羽織の裾を翻しながら客の間を縫って六平太たちの傍にやってきた。

「秋月さんの家も熊さんの家もしんとしてるから、留さんの家に行ったら、あのお常奥方が、不機嫌を絵にしたような顔で、『金時』だよって」

「奥方は余計だろ」

留吉が口を尖《とが》らせながら、三治に持たせたぐい飲みに徳利《とっくり》の酒を注ぐ。

「いただきます」

一口飲んだ三治は、

「実は、秋月さんにお知らせがあって来たんでやす」

六平太に体を向けると、ほんの少し畏《かしこ》まった。

「例の貝谷さんの辻八卦の商いを、深川でも出来ないかという一件ですがね」

「うん」

六平太は三治に頷いた。

重兵衛は、父子二人の身辺から危機が去ったら再度『市兵衛店』に戻り、辻八卦で稼ぐつもりだった。

それを知った六平太は、どうせ続けるのなら、祭事もあって人出もある深川ではどうかと勧めていたのだが、寺の境内や道端での商売なら、土地の町役人や香具師《やし》の元締の了解がいる。

その仲立ちを、三治とは親しいお紋を通して、父親の儀兵衛《ぎへえ》に頼んでいたのである。

料理屋『村木屋』は、町の町役人でもあるし、寺社の檀家《だんか》でもあり氏子でもあり、顔が利くのだ。

「今日、『村木屋』の儀兵衛さんに会いましたところ、貝谷さんの深川での辻八卦の件は、永代寺《えいたいじ》門前の町役人からも、八幡宮からも了解との返事でした」

「おう」

「ところが、貝谷さんには、もう一人、土地の香具師の元締にも一度会って貰いたいとのことでして。そのことを貝谷さんに伝えて、いつ深川の元締に会いに行けるか、その返事を頂きたいんですが」

三治は、六平太の顔色を窺《うかが》って声を低めた。

「明日おれは、音羽には行けねぇな」

六平太の言葉に嘘《うそ》はなかった。

四谷《よつや》の『相良《さがら》道場』へ行ったあと、久しぶりに神田岩本《いわもと》町の口入れ屋『もみじ庵』に顔を出すつもりがあったのだ。

「なんならその話、わたしが貝谷さんに伝えますするが」

芝居の台詞《せりふ》のような物言いをした熊八が、

「明日は願人坊主《がんにんぼうず》になって、白山《はくさん》から音羽へと足を延ばそうと思案しておったんですよ」

と商売に向かう行き先を告げた。

「よし分かった。そうしたら熊さん、貝谷さんに会って、いつ深川に行けるかを聞いて来てくれ」

「承知」

熊八が頷くと、六平太は徳利を取って、熊八の手のぐい飲みに酒を注ぎ足した。

永代橋《えいたいばし》が架かっている大川《おおかわ》の水面《みなも》が、わずかに波立っている。

浅草元鳥越町の辺りも、朝から雲が厚く、時折風が吹いていた。

強い風ではなかったが、永代橋の辺りは、川面《かわも》を風が吹き抜けるのか流れもざわつくようだ。

『市兵衛店』で朝餉を摂った六平太は、五つ半（九時頃）時分に家を出た。

浅草元鳥越町の居酒屋『金時』で、住人の留吉や熊八、そして駆け付けた三治らと酒を飲んだ日から三日が経った四月二十三日である。

この日を迎えるまでの二日間、六平太は慌ただしい時を送っていた。

熊八や三治らと『金時』で飲み食いをした翌二十一日、四谷の『相良道場』の朝稽古に行った帰り、六平太は神田岩本町の口入れ屋『もみじ庵』に立ち寄った。

付添いの口がないかと聞きに行ったのだが、

「ありますよ」

笑顔で答えた主の忠七《ちゅうしち》が帳面を捲《めく》って口にしたのは、『信濃屋《しなのや》』の隠居、おすげからの呼び出しの要請だった。

日にちは二十三日の九つで、場所は室町《むろまち》三丁目の料理屋『喜楽《きらく》』という。相手がおすげだというので躊躇《ためら》いもあったが、付添い料が出るということもあり、ただの昼餉の誘いということなので気楽に受けた。

『もみじ庵』を後にした六平太が『市兵衛店』に戻って着替えをしていると、『鹿島《かしま》の事触《ことぶ》れ』のお札《ふだ》売りをしながら音羽に足を延ばしたという熊八が帰って来て、

「貝谷さんは、二十三日の八つ（二時頃）なら深川の二ノ鳥居に行けるそうです」

という、重兵衛の返事をもたらしたのだ。

するとそこへ、これから御贔屓《ごひいき》の旦那の誘いで深川の料理屋『村木屋』に行くと言う三治が顔を出した。

「そりゃ好都合」

そう口にした六平太は、貝谷重兵衛と深川の香具師の元締、『唐犬《とうけん》の矢五郎《やごろう》』との対面は、二十三日の八つがいいと、『村木屋』の儀兵衛への言付けを託したのである。

ところが、夕餉を摂ろうと『市兵衛店』を出た六平太にふと迷いが出た。

二十三日の九つと八つに、用事を二つ重ねたことに不安を覚えたのだ。

六平太は急遽《きゆうきよ》行先を替え、口入れ屋『もみじ庵』へと急いだ。

「親父《おやじ》、二十三日の『信濃屋』のご隠居との昼餉は無理だ」

六平太は、『もみじ庵』に飛び込むなり、同じ日の八つに深川に行かなければなら

ない先約があると偽りを述べて、忠七に断りを入れた。

おすげと会う室町の料理屋から深川への道のりは遠く、おすげとの会食が九つ半（一時頃）に終わったとしても、八つに深川に着くのは至難の業だと述べた六平太は、

「深川の用件は、国元を離れて江戸で暮らす父と子の今後に関わることで、大事なお人に会うことになっているのだ。『信濃屋』のおすげさんに、日にちを替えてもらうか、取りやめてもらえなければ、おすげさんに何と言われようと『もみじ庵』との縁が切れようとも、おれは深川行きを取る」

決然と言い切って、『もみじ庵』を後にした。

すると、翌二十二日の昼過ぎに『もみじ庵』の忠七が『市兵衛店』に現れた。

その時、忠七の顔は柔和《にゅうわ》で、笑みさえ湛《たた》えており、六平太は薄気味悪さを感じていた。

「『信濃屋』のご隠居様に、秋月さんから付添いの断りがあったと知らせに行くと、向こう様から、料理屋の場所と会う刻限を変えるとのことでして」

忠七の口から、思いもしない言葉が発せられ、さらに、

「場所は深川永代寺門前仲町《もんぜんなかちょう》の料理屋『ゆき本《もと》』で、四つ半（十一時頃）から一刻（約二時間）ばかりの昼餉となりました。これなら秋月さんは、深川の次の用事にも十分に間に合うのではありませんかな」

とも語られたのだ。

忠七は念のため、二十四日への振り替えを打診したというのだが、その日はおすげの都合が悪かった。

句会の集まりのほかに、『信濃屋』から独立した者の娘の祝言に呼ばれているので、空きはないとのことだった。

そんな経緯があった末に、六平太はこの、二十三日の昼前、永代橋を深川へと渡ったのである。

料理屋『ゆき本』は、馬場通《ばばどおり》の一ノ鳥居を通り過ぎた右側の永代寺門前仲町にあった。

出入り口の広い土間に立って案内を請い、『信濃屋』のおすげの名を口にすると、年季の入った女中の案内で、二階の座敷に通された。

障子窓の開けられた八畳ほどの部屋には、すでにおすげが座っていて、

「この度は、急ぎのお呼び出しをしたにもかかわらず、お出《い》でいただきありがとうございました」

六平太が向かい側に座るなり、丁寧な挨拶を向けられた。

「いや、こちらこそ、場所変えなど、なにもこっちに合わせるなど、なさらずともよろしかったのに」

「いいえ。一旦機を逃すと、今度はいつ付添いなどに応じて下さるか分かりませんのでね」

穏やかな物言いをしたおすげは、言い終えると、口元に微《かす》かに笑みを浮かべて、

「お姐《ねえ》さん、さっそくお膳を」

声を掛けると、隅に控えていた女中は急ぎ部屋を出た。

「あなた様に、『信濃屋』にちょっとした動きがあったことをお知らせしておこうと思ったものですからね」

「お店とは関わりのないわたしに、そんな気遣いは要りませんよ」

六平太が、笑って片手を横に振ると、

「主の太兵衛が、このところ仕事にやる気を見せております。それもこれも、あなた様のお陰ではないかと思っているのですよ」

「いえいえ。わたしなんか何も」

そう言いかけた六平太には構わず、おすげが、

「知り合いの醬油問屋に修業に出していた太兵衛の倅、尚作《なおさく》を、近々『信濃屋』に戻すことに致しました」

きっぱりと言い切った。

「へぇ」

先日、太兵衛の使いの五十助から聞いて知っていた六平太は、大袈裟《おおげさ》に惚《とぼ》けた。

「太兵衛が言いますには、このわたしを尚作の後見役にして、『信濃屋』の商いというものを叩きこませると言いますから、引き受けることにしました。それに太兵衛は、尚作だけではなく、いずれは他家に嫁ぐ娘にも、おいおい、お店のありようというものを教えてもらいたいとまで言いましたから、それも受けました」

「ほほう」

「それで、ついでと言えばついでですから、あなた様がお気に入りの五十助の娘を女中のおはなに付けて、世間のことを覚えさせようかともね」

「いやぁ。ご隠居は、思い切った決断をなさいましたなぁ。感心しましたよ」

努めて大仰な物言いはせず、六平太は控えめに褒めた。

「失礼いたします」

廊下から女中の声がして障子が開けられ、二人の若い女中が六平太とおすげの前に料理の膳を置き、もう一人の女中が茶道具の載ったお盆を置くと、

「御用の節は、お呼びくださいますよう」

そう告げて、女中たちは部屋を出た。

「さ、いただきましょうか」

「は。では遠慮なく」

六平太は、おすげに会釈して箸を取った。

三

膳の物を食べ始めると、おすげはあまり多くのことは喋《しゃべ》らなくなった。

喋りはしなかったが、これまでの付添い稼業のなかで、変わったことはなかったかなどと尋ねられたので、六平太が二つ三つの逸話を披露した。

おすげが箸を置いてからほどなくして、六平太も箸を置いた。

永代寺の時の鐘が正午を打ってから半刻足らずが経った頃おいだった。おすげが、先刻、女中が注いでくれていた湯呑の茶を一口飲むと、

「この度、太兵衛が、『信濃屋』のことでわたしに物申したのですよ。何か困ったことがあった時は、主のわたしが相談に行くから、前もってあれこれ指図するのを控えてほしいなどと——自分が思っていたことを先に言われると、素直に受け入れられない。それは隠居のすることではないのではないかとも、嘆かれました」

「しかし」

「はい？」

「ご隠居が太兵衛さんに望んでいたのは、そんな心意気じゃなかったんですか」

六平太がそう口にすると、おすげは小さく笑って、うんうんと頷き、

「あの太兵衛に、何かと知恵を付けたのは、あなた様ですね」

「とんでもない。このわたしに知恵があれば、浪人暮らしをすることもなく、ましてや、いつ来るか知れない付添いの頼みを、首を長くして待つこともありませんでしたよ」

笑ってそういうと、六平太も手を伸ばして、湯吞を持つ。

「木綿に色を染める時、木綿だけとは限りませんが、ある色を際立たせるために、他の色を少し混ぜたり、草の葉を絞って混ぜたりするんです。黒をさらに、奥深い黒にするために、朱色を混ぜることがあるとも聞きます。混ぜ方を間違えると元も子もありませんがね。太兵衛は、知らず知らずのうちに、あなた様の話の端々から何かを得て、自分の色を出そうという気になったのかもしれません」

「もしそうだとしたら、それは太兵衛さんのお手柄というものですよ」

六平太は湯吞を口に運んだ。

「付添い稼業では、さぞいろいろな方に会われたでしょうね」

「はい。市中引き回しの男にも付きましたし、大名家の奥方、姫様、商家の娘御の付添いもしました」

「それらは、あなた様の財産ですねぇ」

「さぁ、どうでしょう。とっくに食い潰《つぶ》してしまったかも知れません」

六平太は笑って、湯呑の茶を飲み干した。

二人が箸を置いてから四半刻あまりが過ぎた頃おいである。

「ごめんください」

「どうぞ」

おすげが部屋の外に答えると、障子を開けた女中が、

「『信濃屋』様、お帰りの船がこの裏の大島川《おおしまがわ》に来ているそうですから、いつでもどうぞということでございます」

「分かりました。わたしの連れにもその旨を知らせておいてもらいましょう」

そういうと、おすげはゆっくりと腰を上げた。


料理屋『ゆき本』の土間でおすげを待っていたのは、女中のおはなだった。

上がり框の傍に草履を揃えたおはなは、おすげの手を取って、ゆっくりと履物を履かせる。

その横で草履を履いた六平太は、料理屋の女たちの声に送られて、おすげの後から馬場通へと出た。

すると、

「秋月様はこの後、富《とみ》ヶ岡《おか》八幡宮《はちまんぐう》の方にお出でとか」

おすげに問われた六平太が、

「はい。ですから、わたしは、この先の稲荷《いなり》までお見送りを」

そう答えて、おすげとおはなの少し先に立った。

「ここをまっすぐ行けば大島川ですから」

馬場通の角地にある稲荷の前で足を止めた六平太は、小路の先を片手で指した。

頷いた女二人が小路の先に歩み行くのを見た六平太は、裾を翻して、二ノ鳥居の方へ足を向けた。

「待ちましたか」

六平太が二ノ鳥居の真下に突っ立っている重兵衛を見つけて声をかけると、

「いえ。たった今着いたところでして」

重兵衛の顔に笑みが浮かんだ。

「早速ですが、『唐犬の矢五郎』の家に向かいましょうか」

そういうと、六平太は二ノ鳥居から木場の方へ足を向けた。

その時、八つを知らせる永代寺の時の鐘が後方から聞こえて来た。

深川の香具師の元締、『唐犬の矢五郎』の住まいは、三十三間堂《さんじゅうさんげんどう》の門前、深川入船《いりふね》町だと三治から聞いていた。

永代寺の鎮守である荒神宮《こうじんみや》の境内と境を接しているのが、深川入船町だった。

場所を探すほどのこともなく、二階家の出入り口の軒下に、『唐犬』と記された箱《はこ》提灯《ぢょうちん》が提げてあるのが見えた。

「ごめんなさいよ」

開け放たれていた戸口から、重兵衛とともに土間に足を踏み入れた六平太が声を掛けた。

すぐに、廊下の奥から現れた着流しの男が二人、土間から一尺半（約四十五センチ）ばかり高い板張りに立ち、

「何か」

白地に黒の亀甲繋《きっこうつな》ぎ柄をあしらった着物の男が、訝《いぶか》しそうな眼を六平太と重兵衛に向けた。

「永代寺門前町の料理屋『村木屋』の主、儀兵衛さんの口利きで、唐犬の元締に挨拶に伺った貝谷重兵衛さんと、おれは付添いの秋月六平太という者だが」

六平太が口上を述べると、

「へい。お話の一件は聞いております。まずはお上がりくださいまし」

白地の着物の男は、六平太たちに上がるよう、片手で促した。

六平太と重兵衛が板張りに上がると、

「こちらへ」

白地の着物の男が、二人の先に立って廊下の奥へと進む。

角をひとつ曲がって障子が開けられると、小さな庭に面した八畳の明るい部屋があり、

「お入りください」

男に促されるまま部屋に入った六平太と重兵衛は、並んで膝を揃えた。

「頭」

案内した男が小さな庭の縁側に声を掛けると、開けられていた障子の向こう側から、やけに耳の長い、五十ばかりの男が、部屋を窺うように丸顔を覗《のぞ》かせた。

「例の、『村木屋』の旦那の口利きでお見えになったお二人でして」

「お」

軽く口先を尖らせて短く返答した丸顔の男は、縁から、這《は》うようにして入り、六平太と重兵衛の向かいで胡坐《あぐら》をかいた。

「唐犬の矢五郎だよ」

丸顔の男が、しわがれた声で名乗ると、

「おめぇは、茶の用意でもしてろ」

「へい」

案内に立った男は、矢五郎に返事をして、部屋を出て行った。

矢五郎は、煙管《キセル》の雁首《がんくび》を煙草盆《たばこぼん》に引っかけて寄せた。煙管に葉を詰め、小さな壺《つぼ》にある火種に煙草の葉を近付けて、火を点けて吸う。

そして、大きく煙草の煙を吐いた。

その煙が、水音の届く庭の方へと流れていく。

「庭の向こうは、大島川ですな」

六平太が口を開くと、

「おぉ。その川を挟んだ向こうにも、おんなじ深川入船町があるんだよ」

紺地に千鳥《ちどり》繋ぎの模様を染め抜いた浴衣の矢五郎が、庭の垣根の方を顎で指し示した。

「それがしは」

重兵衛がいきなり口を開くと、

「お前さんが、深川で辻八卦をしたいという、貝谷さんだね」

「左様」

重兵衛が頷いた。

「てことは、お前さんが秋月さん」

「秋月六平太です」

六平太は、軽く頭を下げた。

「貝谷さんが、仕事場で難儀していることも、それが、以前仕えていたお家の誰かに追われてるためだということも、大まかには聞いてるよ」

そういうと、矢五郎は煙草を軽く吸った。

「それで、仕えていたお家の江戸の中屋敷から離れるため、今は音羽に」

重兵衛がさらに事情を伝えると、今度は六平太が、

「そんな悶着が片付いた暁には、再度浅草元鳥越町に戻って、今度は深川という新たな場所で辻八卦を営み、倅と二人の暮らしを立てようとの思いから」

重兵衛の思いを代弁し終える直前、

「いいよ」

一言口にした矢五郎が、煙管で灰落としの竹筒をトンと叩《たた》いた。

「よいのですか」

六平太が慌てて問い直すと、

「おれは、目上の人からの頼みは聞くことにしてるんだよ」

矢五郎は顔色一つ変えず、そう述べた。

「目上というと、あぁ、『村木屋』の儀兵衛さんですか」

「うん。それに、あんたもだ」

　矢五郎は、灰を落とした煙管の雁首を六平太に向けた。

「年なら元締のほうが」

　笑みを浮かべて言いかけると、

「あんたの噂は前々から聞いてるんだよ」

　六平太の言葉を断ち切って、

「木場《きば》の材木問屋『飛騨屋《ひだや》』の大旦那からは信頼され、お内儀のおかねさんとも親しかったということも知ってる。木場や深川に、あんたのことを悪く言うもんはいねぇよ。そういう人は、おれには目上のお人なんだ。だからよ貝谷さん、悶着が片付いたら、深川で稼ぎな」

「かたじけない」

　重兵衛は、両手を突いて深々と頭を下げた。

「頭、このとおりだよ」

　六平太は両手を膝に置いて、首を垂れた。

　料理屋『村木屋』は、富ヶ岡八幡宮の目の前にある二ノ鳥居近くにあった。

『唐犬の矢五郎』との対面を四半刻ばかりで済ませた六平太は、その成果を知らせに、『村木屋』の主、儀兵衛を訪ねることにしたのである。

六平太は、客間ではなく、帳場近くの一間に通された。

顔見知りの女中が置いて行った茶を一口飲んだところで、

「これはこれは、秋月様、お久しぶりでございます」

長暖簾《ながのれん》を分けて部屋に入るなり、儀兵衛は丁寧に手を突いた。

「儀兵衛さん、やめて下さいよ。頭を下げなきゃならないのはこっちの方なんですから」

そう言って、儀兵衛に手を上げさせると、『唐犬の矢五郎』を訪ねたときの仔細《しさい》を話し、重兵衛が深川で辻八卦をすることに、何の支障もないことを伝えた。

「支障どころか、対面が終わったら、矢五郎の頭自ら、重兵衛殿に深川を案内すると口にして、連れ立って出かけて行きましたよ」

六平太が一人で『村木屋』を訪れたのには、そんなわけがあったのだ。

「それはようございました」

そう言った儀兵衛の顔に笑みが浮かんだ。

「それもこれも、永代寺さんや富ヶ岡八幡宮さん、そのうえ『唐犬の矢五郎』さんにまで橋渡しをしてくださった儀兵衛さんのお陰です」

「いえいえ、何かとお世話になった娘のお紋や、うちで噺《はなし》の会を催してくださる三治さんと引き合わせて頂いたことへの、ささやかなお礼のつもりでございます。そのお礼は、これからもさせていただくつもりですから、何かあれば、遠慮なくわたしどもへお申し付けくださいますよう」

儀兵衛が小さく頭を下げた時、

「あれ、お父《と》っつぁん。秋月様はどこ？」

聞き覚えのあるお紋の声が聞こえた。

「ここだよ」

儀兵衛が声を出すと、割った暖簾から顔を覗かせたお紋が、

「秋月様、いらっしゃいまし」

陽気な声を掛けると、儀兵衛に向かって、

「なによお父っつぁん、出入りの芸者衆との話し合いじゃあるまいし、秋月様をこんなところでなんて。どうして二階の座敷にお通ししないのよ」

「それが、この陽気で人出があるもんだから、座敷が埋まってしまったんだよ」

渋い顔をしてお紋に詫《わ》びた儀兵衛は、六平太にも軽く頭を下げた。

「えぇ、お紋さんはいずこ、お紋さんやぁい」

芝居の台詞を謳《うた》い上げるような男の声が近づくと、

「三治さん、ここよ」

暖簾を割ったお紋が、廊下に声を掛けると、

「あぁ、これはこれは。秋月さんじゃございませんか」

桜鼠《さくらねずみ》色の着物に藤色の羽織姿の三治が部屋に入り、扇子を畳に置いて手を突いた。

「お前も来てたのか」

「へぇ。五月の両国《りょうごく》の川開きが済んだら、わたしと、わたしの仲間の手妻師《てづまし》や踊りの師匠たちを集めて、深川門前寄席なるものを立ち上げたいと思いまして、その旗揚げの興行をするため、この『村木屋』さんのお座敷を一間、借り受けられないかというご相談に」

真顔でそういうと、三治は恭しく頭を下げた。

「お父っつぁん、よろしくね」

「川開きが済むと、大川界隈は賑《にぎ》わうし、もう少ししたら、その算段はするつもりではあるんだよ」

儀兵衛は、お紋の頼みに曖昧な言葉で返した。

「あ、そうだ。お父っつぁん、秋月様に祝言のことはお伝えしたの」

「わたしとしたことが、忘れていたよ」

そういうと、儀兵衛の顔に笑みが広がった。

「それは、どなたと」

六平太は小声で尋ねると、ちらと三治に眼を向ける。

すると三治は陽気な笑みを浮かべ、

「それが、さっき伺いましたら、日本橋常盤《ときわ》町の扇子屋の跡継ぎとか、でしょ？」

聞かれたお紋は、にこりと頷いた。

「お紋さんは、てっきり婿養子を迎えるものと思っていましたが」

「ほんとに」

三治が笑顔で、六平太に話を合わせた。

「以前はそのつもりでおりましたが、うちの親戚筋に、気の回る若い男がいると分かりましたので、その男を養子にして後を任せようかと」

「そうでしたか」

六平太が呟くと、

「お紋さんは嫁に行き、料理屋『村木屋』は跡取りが出来る。これで万々歳ですな。よっ、『村木屋』っ」

満面に笑みを浮かべた三治が、両手を小さく上げて万歳をした。

四

六平太と三治の乗った猪牙船《ちょきぶね》が、深川の油堀《あぶらぼり》から大川へと乗り出した。

料理屋『村木屋』の帳場近くの一間で、お紋の祝言が決まったことと、『村木屋』の跡継ぎの目途が立ったという話をした儀兵衛は、客への挨拶があると言って六平太と三治、そしてお紋を残して二階の座敷へと出て行った。

それからお紋を交えての四方山話《よもやまばなし》に終始した六平太と三治は、七つ（四時頃）時分に『村木屋』を出て、永代寺裏の十五間川から猪牙船に乗り込んだのだ。

三治が浅草に用があるというので、お紋が気を利かせて船を仕立ててくれたのである。

浅草元鳥越町の『市兵衛店』に戻る六平太は、浅草御蔵前《おくらまえ》の旅籠《はたご》町代地前の河岸で船を降りる算段になっていた。

「三治よぉ、お紋さんの嫁入りのことは今日初めて聞いたのかい」

六平太が三治を気遣うように問いかけると、「へへへ」と低く笑って、

「お紋ちゃんの祝言が決まったことは、実は半月前に、霊岸島の大川端町の船宿で逢《あい》引《び》きをしたとき、実はねと本人から聞かされていましてね」

三治はそう明かすと、軽く自分の額を平手で叩いた。

「しかし、恋仲の相手に去られるとなると、寂しい気持ちもあるだろう」

「いえ」

即座に返答した三治は片手を打ち振って、

「それが、去られることにはなりませんで」

という。

「お紋ちゃんは、わたしが嫁に行っても、時々は二人で会いましょうねなんて言ってますから」

「おいおい。そんなことでいいのかよ」

「大丈夫。お紋ちゃんはそのあたりしっかりしてますから、ご亭主との仲を壊すようなへまはしませんよ」

三治は、真顔で大きく頷く。

「しかしそりゃ、しっかりというより、ちゃっかりじゃねぇのか」

「秋月さん大丈夫。あたしとしても、お紋ちゃん夫婦の幸せを願っておりますからね」

三治の話を聞いて、六平太は言葉を失ってしまった。

乗っていた猪牙船に影が射したと思ったら、両国橋の下を潜《くぐ》り始めていた。

そこからほんの少し上流へ向かったところで、猪牙船を河岸に横付けにすると同時に船頭が飛び降りて、船縁《ふなべり》を摑《つか》んで動かなくして、

「どうぞ」

と、六平太に声を掛ける。

「ありがとよ」

河岸に下りた六平太が声を掛けると、船頭は軽く頷いただけで猪牙船に飛び移った。

「それじゃ、ここで」

舳先《へさき》を上流に向けた船に乗っている三治から、呑気《のんき》な声が届いた。


大川の西岸の代地河岸を離れた六平太は、浅草橋から北へ延びる大通りに出た。

そこを右に折れて、浅草御蔵前へと足を向ける。

一帯は、夕刻を迎えている。

右手の大名屋敷の甍《いらか》や、行く手に見える浅草御蔵の屋根に当たる日射しの輝き具合から、刻限は七つ半という時分かと思われる。

大通りの西側は、町家の影が北へと連なっていた。

御蔵前を中ほどまで進んだ六平太は、中之御門前で左に折れた。

その道を西へ向かえば、寿松院《じゅしょういん》前から鳥越明神《とりごえみょうじん》へと通じており、その裏にある『市兵衛店』に行き着けるのだ。

新堀川《しんぼりがわ》に架かる幽霊橋《ゆうれいばし》と呼ばれる小さな橋の袂《たもと》で、二人の編《あ》み笠《がさ》の侍に邪険にされている熊八の姿が眼に入った。

古びた幟《のぼり》と鈴を持った熊八の装《な》りから、願人坊主になって諸方を回り、怪しげなお札を売りつける生業の最中のような気配だった。

「要らぬと申しているのが分からんのかっ」

編み笠の侍の一人が、苛立《いらだ》たしげに野太い声を出すと、それより小柄な編み笠の侍が、

「向こうへ行け」

と叫んで、腰の刀に手を掛けた。

それを見た六平太は急ぎ駆け寄ると、

侍と熊八の間に割って入った。

「何事だっ」

「厄病除《よ》けのお札を勧めておったのだが、取り合おうとなさらんので揉めておりました」

熊八が事情を話している間も、二人の侍は編み笠を軽く上げて、何かを探している

様子を見せ、

「どこへ行った？」

野太い声の侍が、顔を動かして辺りを探る。

「堂上《どうがみ》さん、こっちへ行きますか」

小柄な侍が一方を指すと、『堂上』と呼ばれた野太い声を出した侍は、迷ったように編み笠を動かす。

「お侍、このお札は人探しに効くかも知れんがの」

「うるさいっ、お前が我らを引き留めた故、見失ったではないかっ」

堂上と呼ばれた男は熊八を突き飛ばすと、若い侍が指し示した新堀川に沿って、寿松院の東側を北へ延びる川沿いの道へと駆けて行った。

「押し売りとは、熊さんらしくないな」

「いえね。今の二人、両国の方から『市兵衛店』の方に向かっていた、貝谷さんと小四郎さんを付けていたようなので、邪魔してやろうと思いまして」

「なに」

六平太は、二人の侍が駆けて行った方に眼を遣《や》った。

「貝谷さん父子が、何者かに追われているというような話も、この間からなんとなく耳に入っておりましたのでね」

「熊さん、上出来だ」

　六平太が声を掛けると、歯を見せてにやりと笑った。

　六平太と熊八が連れ立って『市兵衛店』に入ると、夕日の射す井戸端は静まり返っていた。

　すでに晩の支度を済ませたお常は、転寝《うたたね》をしたまま、亭主の留吉の帰りを待つだけなのかもしれない。

「熊さん、今夜何もなかったら、『金時』に誘うよ」

「そりゃ、ありがたい」

　熊八はそういうと、留吉の家と三治の家に挟まれた家に入って行った。

　六平太は、己の家の手前の貝谷家の戸口で足を止め、

「貝谷さん」

　声を掛けると、すぐに戸が開いて、土間に立った重兵衛が顔を出した。

「秋月さん、今お帰りでしたか」

「あの後、知り合いのところに寄って話が弾んだもんですから」

「そりゃ」

　そこまで口にした重兵衛は、いきなり改まり、

「今日は、『唐犬の矢五郎』さんの家への付添いを頂き、まことにありがとうございった」

「なんの。付添いは慣れておりますから。あ、いや、今日は仕事抜きですから、付添い料のご心配はなく」

六平太が片手を打ち振ると、重兵衛が丁寧に腰を折った。

「あ、お帰りなさい」

階段を下りてきた小四郎が、六平太に軽く頭を下げた。

「もしかして、深川から一緒に帰ってきたのかい」

小四郎に尋ねると、

「はい」

答えた小四郎は、土間に下りて流しに立った。

「深川に行ったついでに、加賀《かが》町の学問所近くで終わるのを待って、ここまで一緒に」

「なるほど」

六平太は笑って得心した。

流しに立った小四郎は、茶簞笥《ちゃだんす》の脇の米櫃《こめびつ》から升《ます》に米を掬《すく》って、空の釜に入れ、

「わたしは井戸へ米研ぎに」

一言断って、路地へと出た。

六平太は、小四郎を見送ると、

「貝谷さん、ちと話があるんですが」

土間に足を踏み入れると、心持ち、声を低めた。

「なにか」

重兵衛は土間の框近くに膝を揃えると、六平太に腰掛けるよう手で促す。

勧められるまま框に腰を掛けるとすぐ、

「おれがさっき、ここへ帰る途中、御蔵前で二人の侍と揉み合ってる熊さんを見かけて、止めに入ったんだがね。熊さんがいうには、お前さん方父子を付けていたようだから、気を利かせて邪魔をしたらしい」

「付けていたんですか、侍が」

重兵衛の顔が途端に厳しくなった。

「熊さんはそう言ってました。あれでもかなりの眼力があるから、おれは間違いないと思いますがね」

六平太の言葉に、重兵衛は小さく唸る。

「編み笠で顔は分からなかったが、若い方が、もう一人を堂上さんと呼びかけたよ」

六平太の言葉に眼を瞠った重兵衛が、

「堂上左門《さもん》」

間を置かずに、鋭く呟いた。

「知っておいでか」

六平太の問いかけに、重兵衛は頷き、

「川俣文蔵より一年早く江戸勤番になって、烏森藩の中屋敷に詰めている男ですよ。もう一人はおそらく、国元にいた時分、同じ郡方だった中林辰造《なかばやしたつぞう》でしょう。文蔵と中林は、同じ剣術道場に通っていた間柄です」

重苦しい声で語った。

「しかし、あの連中の眼がこの近辺に向いたのは、まずいな」

六平太の呟きに、重兵衛は、無念の色を隠さなかった。

「この『市兵衛店』を突き止められたら、小四郎さんの身に何が起こるか――出入りするときは、顔を晒《さら》さないようにしないと」

小さく頷いた重兵衛は、

「ここを突き止められる前に、小四郎はわたしが音羽に引き取ります。深川の学問所通いの不便さを口にしたら、わたしがここに戻ることにします」

重々しい声で決然と述べた。

その時、

「父上、音羽から穏蔵さんが見えましたよ」

思いもしない声を上げた小四郎の足音が、井戸の方から近づいてきた。

六平太が慌てて腰を上げるとすぐ、小四郎に続いて前掛け姿の穏蔵が戸口に現れた。

「あ、これは」

穏蔵は、土間に立った六平太に戸惑ったように、会釈をした。

小四郎が土間に入って釜を流しに置くと、板張りに上がった。

「ここは狭いから、おれが出るよ」

そう言って、六平太は土間から路地へと出て、穏蔵が入れる余地を空ける。

「穏蔵さん、わたしにご用というのは」

「はい」

返事をした穏蔵は、土間に入るなり、

「わたしは、小間物屋『寿屋《ことぶきや》』の用で神田に参ったのですが、音羽を出る折、桜木《さくらぎ》町の甚五郎《じんごろう》親方から、頼みごとを承っていました」

重兵衛にそう伝えた。

その言葉に、さりげなく戸口を去ろうとしていた六平太は、ふと足を止めた。

「それで、甚五郎殿はなんと」

「音羽の寺社近辺での辻八卦見について、護国寺《ごこくじ》さんなどの寺務所から話を聞ける目途がついたので、貝谷様がいつ音羽に見えるか、聞いて来て貰いたいというのが、今日伺ったご用の趣です」

「なるほど」

重兵衛の口からは、いささか困惑の声が洩れたが、改まった物言いで用件を伝える穏蔵の落ち着きぶりに、六平太は内心、感心していた。

「今夜は、小四郎とちと話をしなければならんので、音羽には明日戻ると、そう伝えて貰いたいのだが」

重兵衛が穏蔵にそういうと、

「いえ、父上。話なら明日にでもわたしが音羽に行って伺いますから、父上は今から、穏蔵さんを送りがてら音羽に行ってください」

「いや、わたしのことは」

穏蔵が、小四郎の申し出を慌てて辞退すると、

「これから音羽に戻れば、途中で夜にかかるじゃないか」

小四郎は笑顔で穏蔵の遠慮を抑える。

「『寿屋』の用で、夜道を行くのは慣れてますから、どうかお気遣いなく」

「いやぁ、穏蔵さん。音羽近辺の夜道とは違って、ここから音羽となると、人気のな

い暗がりも多くて、物取りの類が獲物を狙って潜んでるということもありますから、用心に越したことはないですよ」

　小四郎が道中の気懸りを口にすると、

「小四郎、分かった。わたしは穏蔵さんに付いて、これから音羽に向かうことにしよう」

　重兵衛はきっぱりと口にした。

「支度をするので、ほんの少し秋月さんの家ででも待っていてもらいたいのだが」

「はい」

　返事をした穏蔵は路地に出ると、立っていた六平太に、

「あの」

　と言いかけてすぐ、

「いえ」

　と言い、

「わたしはやっぱり、鳥越明神の境内でお待ちします」

　重兵衛の家の中にそんな声を掛けて、穏蔵は表へ向かって掛け去った。

五

『市兵衛店』から掛け去って行く穏蔵を見送った六平太は、わが家に向かいかけた足を止めて、井戸端から表の通りへと向かった。

小道へ出て角をひとつ曲がれば、浅草御蔵に通じる道に接した鳥越明神の境内がある。

その小道の先の表通りは夕日の色に染まっているが、高木の立つ境内は翳《かげ》っていた。

鳥越明神の境内に入るには、表通りに出る手前の石段を三、四段上がればよい。

六平太がその石段を上がって境内に足を踏み入れると、奥の社殿の階《きざはし》に腰掛けていた穏蔵の影が、ゆっくりと立ち上がるのが見えた。

「おれに、なにか言いたいことがあるのか」

穏蔵の前に立ち止まると、六平太は静かに問いかける。

「いえ」

顔を見ずに穏蔵は答える。

「あるだろう。さっきおれに、『あの』と言いかけてやめたことを話したらどうだ」

六平太に言われて穏蔵は迷いを見せたが、

「これは、貝谷様には言わないで頂きたいのですが――」

穏蔵のためらいに、六平太は、

「分かった」

と、穏蔵の頼みを請け合った。

「先日、音羽に来た小四郎さんから、貝谷様は、実のお父上ではないということを、打ち明けられました」

思いがけない穏蔵の話に、六平太には返す言葉もなかった。

「この前、お互いの身内の話になった時、つい、そんな話が小四郎さんから」

「それで、貝谷さんのことは、なんと――？」

「幼い時分亡くなった母親の、兄上だそうですから、伯父にあたる間柄だと」

「それで、そんな貝谷さんを、小四郎は何と言っていた」

「四つやそこらから共に暮らしているから、父も同然だと、笑ってそう言っていました」

そんな穏蔵の話を聞いて、六平太は少し安堵《あんど》したものの、

「そんなことを、どうしておれに」

ふと、そんな問いかけが六平太の口を衝《つ》いて出た。

　すると、少し迷った穏蔵は、

「ただ、そのことを黙っているのが、わたしには重いので」

　立ったまま低い声で言うと、微かに眼を伏せた。

　六平太は、穏蔵が腰掛けていた社殿の階に腰を下ろす。

「小四郎さんと二人で、身内の話をしたのは、音羽でか」

　六平太が尋ねると、穏蔵は黙って頷く。

「立ってねえで、掛けなよ」

　六平太が階を軽く叩いて勧めると、穏蔵は、少し間を空けて一段下の階に腰掛けた。

「なんでまた、そんな話になったんだ」

　穏やかに問いかけた六平太の声音に、咎《とが》めだてするような響きはなかった。

「小四郎さんは、わたしが、音羽の小間物屋の婿養子になることを知ったそうなのです」

「うん」

「そのことを、わたしの親はなんと思っているのかと聞かれたのですが、自分にはふた親はいないというと、いろいろ聞かれて」

　そこまで言うと、穏蔵は躊躇うように黙った。

「聞かれて、どうした」

「わたしは、父親を知らず、母親は三つの時に死んだけど、その時分のことはほとんど覚えていないと言いました。だから、母親から、父が誰かということも聞いたことがなかったと――」

「うん」

六平太は低い声を洩らすと、小さく頷く。

「でも、小四郎さんは、秋月様がわたしの父親だと思っていたようです。でもすぐに、わたしは、違うと言いました」

その言葉に、六平太はちらりと穏蔵に眼を向けた。

「実の親はいなくても、四つになったわたしは、八王子《はちおうじ》でお蚕《かいこ》を育てていた養い親に、江戸に働きに出るまで育ててもらったと言いました。その八王子に、わたしを連れて行って下すったのが、秋月様だったと――そしたら、小四郎さんは、そうだったのかと」

そこで言葉を切った穏蔵は、大きく息を吐いた。

十三年か、十四年も前になるだろうか。

三つか四つ時分の穏蔵を連れて、甲州《こうしゅう》街道を八王子に向けて歩いたことを、六平太は今でもはっきり覚えている。

道中、一晩宿を取ったその翌日、八王子のお蚕農家を目前にした野道で、

「おじちゃんは、お父っつぁんじゃないのか」

そう穏蔵に問いかけられたこともあった。

六平太は違うと返答したが、その時以来穏蔵は、そんな思いを抱えているのかもしれなかった。

土を踏む足音がして、菅笠を背に負い、風呂敷包みを手にした重兵衛が、

「お待たせしました」

と、境内に入ってくると、六平太と穏蔵は急ぎ腰を上げた。

「では、わたしは念のために」

そう断って、重兵衛は菅笠を被り、

「では、参ろうか」

先に立った重兵衛に続いて、六平太と穏蔵は境内の石段を下り、日の翳った表通りへと出た。

「貝谷さん、音羽に行ったら、毘沙門《びしゃもん》の親方によろしくお伝えを」

「承知しました」

頷いた重兵衛は、「では」と口にすると歩き出し、大きな三叉路《さんさろ》の南へ向かう道へと足を向けた。

鳥越川《とりごえがわ》に架かる甚内橋《じんないばし》を渡って進み、大名屋敷や町家の角をいくつか曲がって神田川の北岸に至るに違いあるまい。

神田川の北岸に沿って西へ向かえば、湯島《ゆしま》を通り、牛込《うしごめ》へ至る。

そこからなら、音羽は近いのだ。

重兵衛と穏蔵の姿が甚内橋の先の暗がりに紛れるまで見ていた六平太が、『市兵衛店』の方に引き返そうとして、ふと足を止めた。

旗本の松浦《まつら》家門前にある辻番所の方から、編み笠の侍二人が現れて、三叉路を六平太のいる方に向かってきたのだ。

六平太は慌てることなく、さりげなく鳥越明神脇の小道に入ると、表通りを浅草御蔵方面に向けて大股で通り過ぎる侍二人を見送った。

二人の体つきから、先刻、幽霊橋で熊八ともめていた堂本左門と中林辰造という鳥森藩の侍に違いなかった。

重兵衛と小四郎の姿を探し求めて、鳥越界隈を歩き回っていたのだろうか。

小道から顔を出した六平太は、浅草御蔵方面へと向かう編み笠の侍二人の黒い影をじっと見た。

「竿竹《さおだけ》ぇ竿竹ぇ、売れ残りの一本だよぉ、

お安くするよぉ、竿竹はいかがぁ、

買わなきゃ、損だよぉ」

残りの竿竹を売り切ろうとする竿竹売りが、小道に佇《たたず》む六平太の目の前を、声を張り上げて通り過ぎた。

第三話　師範指名

一

背中から朝日を浴びた秋月六平太《あきづきろっぺいた》は、神田川《かんだがわ》の小石川御門《こいしかわごもん》近くを通り過ぎた。

袴《はかま》姿の六平太は菅笠《すげがさ》を被《かぶ》り、一刻《とき》（約二時間）ほど前に上った朝日を背に受けて四谷《よつや》の『相良《さがら》道場』を目指していた。

明日は五月に月が替わるという日の朝である。

端午《たんご》の節句を控えた江戸では、四月の二十五日頃から、往来に床店《とこみせ》が並び、端午の節句用の品々を売り出していた。

店に並ぶ甲冑《かっちゅう》や兜《かぶと》、幟《のぼり》に菖蒲刀《しょうぶがたな》、鍾馗《しょうき》人形、武者人形を求めて、床店には人が集まる。

そんな市で賑《にぎ》わうのは、日本橋十軒店《にほんばしじっけんだな》や尾張《おわり》町で、四谷大通《おおどおり》のそこここにも、露店が並んでいた。その通りを、端午の節句用品とは言えない蚊帳《かや》売りや苗売りまでもが声を張り上げて行き交っていた。

『相良道場』は四谷大通から北へ坂道を下った、北伊賀《きたいが》町にあった。

六平太は、朝の五つ（八時頃）に始まる朝稽古に臨んだのである。

稽古着に着替えて道場に入り、下総《しもうさ》国関宿《せきやど》藩の抱屋敷《かかえやしき》勤めの沢田《さわだ》庄助《しょうすけ》ら十名ほどの門人と、体慣らしの素振りをしばらく続けていた頃、稽古着姿の矢島新九郎《やじましんくろう》が道場に現れた。

「おはようございます」

若い門人たちから声が掛かると、新九郎も声を返して六平太と並び、

「今さっき、誰かが門の中を窺《うかが》っていましたがね」

素振りをしながら、そう告げた。

素振りを止めた六平太は、いくつかある武者窓の一つに近づいて門の方を見やる。

と、道場の扉のない冠木門《かぶきもん》の外に立って中を窺っている侍らしき姿があった。

網代笠《あじろがさ》を付け、袴に刀を差した姿は、以前にも見たことのある小柄な侍の装《な》りである。

「沢田、ちょっとここへ」

素振りをしていた門人を呼び寄せ、武者窓から冠木門の方を指さすと、

「あ」

沢田庄助はすぐに、中を窺っているのが戸根崎伊奈《とねざきいな》だと察知して、声を洩《も》らした。

「門に行って、何の用か聞いてこい」

小声で命じると、庄助は木刀を置いて廊下へと出た。

六平太がもとの位置に戻って素振りを再開すると、

「外の侍は何者ですか」

素振りをする新九郎から問いかけられた。

「わけあって、追いかけられておりまして」

六平太は笑みを浮かべて返答した。

一刻の朝稽古が終わり、六平太と新九郎は、道場の廊下にある更衣所で汗に濡《ぬ》れた稽古着を脱ぎ、体に噴き出した汗を拭いている。

稽古の開始直後、門の陰から中を窺っていた網代笠の人物を見に行った庄助は、

「確かに、伊奈様でした」

道場に戻ってくるとすぐ、六平太に告げていた。

そして、庄助が門に近づくと、気付いた網代笠の伊奈は、

「急ぎ姿を消されました」

とも言って、首を傾《かし》げていた。

その後、六平太は時々、道場の武者窓から外を窺ったが、門の辺りに網代笠の侍が現れることはなかった。

「稽古着は、いつも通り、棚の籠《かご》の中に放り込んでお帰り下さい」

上半身裸になって汗を拭いていた六平太と新九郎に声を掛けたのは、更衣所の外の廊下に立った下男の源助《げんすけ》だった。

この更衣所は、師範代や道場にゆかりの先達《せんだつ》などが使うので、棚の籠に放り込んでおけば、洗濯した源助が畳んでこの場に戻しておいてくれるのだ。

「実は、相良先生が、お二人に離れに来ていただけないかとのことですが」

源助から、遠慮がちな発言があった。

「この後音羽《おとわ》に行くつもりだが、特段、急ぎでもないから、おれは伺うよ」

六平太が源助に答えると、新九郎も、

「わたしも、急ぎの用はないので」

と、師範の申し出に応じることにした。

「では、わたしはその旨をお伝えしますので、ここで」

一礼をした源助は、その場を去った。

六平太は汗を拭き終え、青竹色の単衣を身に纏《まと》い、灰汁《あく》色の博多《はかた》帯を締めた。

新九郎は縹色《はなだ》に万筋《まんすじ》の単衣に、八丁堀の同心らしく黒の羽織を手にすると、六平太共々、相良庄三郎《しょうざぶろう》の待つ離れへと向かった。

道場の更衣所から師範の住居のある棟に進むと、庭に面した縁から延びた一間（約一・八メートル）の渡り廊下を渡って、相良庄三郎の私室となっている離れがある。

離れの縁に立った六平太と新九郎が声を掛けると、

「入るがよい」

庄三郎からの声を聞くとすぐ、八畳間に入って膝を揃《そろ》えた。

「わざわざ、呼び出してすまぬ」

庄三郎の気遣いに、

「いえ」

六平太と新九郎は揃って頭を下げる。

「このところ、年のせいか、少し動くと息が切れるのだ。しかも、体に漲《みなぎ》っていた力が、足の先手の先に行き渡らぬ。衰えというものなのだ」

「先生そんな」

六平太が口を挟んだが、

「いや、そうなのだよ。そう思う」

庄三郎はきっぱりと口にした。

「それで、今すぐというのではないが、その方ら二人のうちの一人に、『相良道場』の師範に就いて貰《もら》いたいのだよ」

「しかし」

新九郎はそんな声を発したが、横にいた六平太は、いうべき言葉もなかった。

「以前から、優劣をつけがたい二人ゆえ、そこから一人を選ぶとなると、わしの気が折れる。それで相談だが、我こそはと名乗り出てくれぬだろうか」

庄三郎が、思いつめた眼差《まなざ》しを二人に向けた。

「先生。まことにありがたいことではありますが、それがしは、辞退申し上げます」

新九郎はそう述べて畳に両手を突き、

「北町奉行所の同心を務める身であれば、お役目柄、ことがあればすぐに諸方に駆け付けなければなりません。そのようなお勤めのわたしには、同心と師範の二つを背負うなど至難の業でございます」

頭を下げた。

「この際、奉行所を辞するという選択は出来ぬか」

「は」

新九郎は一旦顔を上げて、小声を洩らしたが、

「住まいは組屋敷ゆえ、店賃《たなちん》はかかりません。しかし、お役を辞めるとなると家を借

りなければなりません。娘三人を抱えた我が家では、暮らし向きの算段に骨が折れるものと思われますゆえ、道場の師範には秋月さんがふさわしいと存じます」

新九郎から飛び出した思いもよらない発言に、庄三郎の眼《め》が六平太に向けられた。

「しかし、わたしには『相良道場』の師範は、いささか重すぎます」

六平太は、静かに口を開いた。

「師範代を務めていられるのも、矢島さんのほかに三人もいる師範代の一人という気楽さゆえでして、事が師範となりますと、やはり荷が重すぎます。若手の育成に熱き使命感を抱く、生真面目な人物がよいと思いますので、この儀はどうかご容赦願います」

六平太は丁寧に頭を下げた。

「そういうとは思うたが」

「恐れ入ります」

六平太が詫《わ》びを口にすると、庄三郎は苦笑いを浮かべてフウと息を吐き、

「ならば、この道場に、この者ならば師範に推してもよいと思う人物はおるかな」

六平太と新九郎を見遣《みや》った。

「居ります。寺子屋で手跡指南所の師匠を務めておられます、高田孫四郎《たかだまごしろう》殿なら人望もあります」

六平太が口にした人物は、三つ四つ年上の師範代である。

数年前に、家中で起きた騒動に嫌気がさして浪人になったという、気骨のある人物である。

「わたしは、伊勢国《いせのくに》神戸《かんべ》藩、本多《ほんだ》家の家臣、滝川八兵衛《たきがわはちべえ》殿を推したいと思います」

「あぁ」

六平太は、新九郎が推した師範代の名を聞いて得心し、頷《うなず》いた。

滝川八兵衛は本多家の徒士頭《かちがしら》を務める傍ら、江戸中屋敷の道場で、家中の者に立身《たつみ》流を指導していると聞いていた。

「うん。二人が推す者は、わしもなるほどと思う。だが、今日明日決めることはないゆえ、じっくりと考えることにする。今日はすまなかった」

庄三郎の声に、六平太と新九郎は叩頭《こうとう》した。


『相良道場』の出入り口に立つ冠木門の外で、六平太と庄助が新九郎を見送った。

新九郎は、いつも奉行所に詰めているわけではない。

むしろ、町を歩き回ったり、先々の自身番に立ち寄ったりして異変を探るのも定町《じょうまち》廻《まわ》り同心の務めであった。

四谷大通へと坂道を上る新九郎の姿が見えなくなると、

「さて行くか」

六平太は庄助に声を掛けて、『相良道場』の裏手と境を接している、すぐ隣の福寿《ふくじゅ》院《いん》に向かうべく、少し坂上にある辻《つじ》へと足を向けた。

朝の稽古の時、冠木門の外から道場内を窺っていた網代笠の伊奈は、近づく庄助を避けるように姿を消し、その後、再び現れることはなかった。

庄助によれば、その網代笠は四谷大通へは向かわず、福寿院の方に曲がったということだった。

これまでの伊奈の動向から、顔を見られたからと言って大人しく引き下がるとは思えなかった。

福寿院辺りに身をひそめて、稽古を終えて帰る六平太の後を付け、隙を見つけては立ち合いを迫るとも考えられるのだ。

もし、伊奈が現れたら厳しく説諭して、庄助に命じて赤坂《あかさか》の抱屋敷に連れて行かせる腹である。

だが、福寿院の門前をゆっくり通り過ぎても、網代笠の侍が後を付ける気配はない。

福寿院門前からふたつ先の辻を四谷坂町《さかまち》の方へ下っても、付けられている気配はなかった。

「伊奈殿は、稽古の終わりを待てずに引き上げたようだ」

市ヶ谷七軒町《いちがやしちけんちょう》の角まで下りたところで足を止めた六平太は、

「音羽へはおれ一人で行くから、庄助は赤坂に戻っていいぞ」

「いいえ。音羽までお供して何もなかったら戻りますが、わたしはこのままご一緒に」

「分かった」

そう返事をして、六平太は左門殿横丁《さもんどのよこちょう》へと歩き出した。

庄助が仕えるのは、関宿藩の藩主、久世忠房《ただふさ》の側妾《そくしょう》である菊代《きくよ》の方が住まう赤坂の抱屋敷である。

伊奈は、藩主と菊代の方の間に生まれた姫ということもあり、忠義に篤い庄助としては、成り行きを見定めたいのだと思われて、六平太は同行を許した。

二人は、尾張中納言《おわりちゅうなごん》家の屋敷に突き当たると、大きく左へ道を取り、牛込天神町《うしごめてんじんちょう》へと回りこんだ。

立ち並ぶ組屋敷や武家地を通り過ぎて、中里《なかざと》村の畑地に進んだところで、六平太は、半町（約五十五メートル）ばかり後を付けてくる網代笠の侍に気付いた。

庄助には何も言わず、歩調も変えずに関口水道町《せきぐちすいどうちょう》を通り抜けて、江戸川《えどがわ》に架かる江戸川橋の手前で足を止めた。

「なにか」

庄助に問いかけられた六平太は、

「後ろを見ずに聞けよ」

低い声で命じると、振り返ろうとしかけた庄助は、慌てて六平太に顔を向けた。

「付けてきた網代笠が、水道町の桶屋《おけや》の陰に潜んだ。お前は伊奈殿を捕まえて、赤坂に戻れ」

「おれは、このまま川を渡って音羽に行く。いいな」

「秋月様は」

「はい」

そう返事をした庄助に軽く片手を挙げた六平太は、踵《きびす》を返して江戸川橋を渡り始めた。

江戸川橋を渡った六平太は、桜木町で足を止めた。

そこは、護国寺《ごこくじ》門前へと一直線に通じる道幅の広い坂道の始まりである。

その参道の始まりが桜木町で、そこからは音羽九丁目、八丁目となり、一丁目の目の前が護国寺の門前となっている。

六平太は、ゆっくりとした歩調で参道の坂を上がり始めた。

いつもなら桜木町の甚五郎《じんごろう》の家に顔を出すか、目白坂《めじろざか》を上がった先の関口駒井《こまい》町にあるおりきの家に向かうのだが、それは後回しにした。

先刻、牛込中里村町で九つ（正午頃）の鐘を聞いてからすでに四半刻《しはんとき》（約三十分）が経っており、稽古の後の空腹を満たすため、舎弟の菊次が営む居酒屋『吾作《ごさく》』へと足を向けたのである。

「おや、秋月の旦那、そんなとこで何をしておいでですか」

そんな声がしたのは、八丁目と七丁目の間の小道へ曲がろうとした時だった。

参道を横切って近づいて来たのは、楊弓場《ようきゅうば》の矢取り女のお蘭《らん》である。

「『吾作』で昼餉《ひるげ》だ。客の腕を摑《つか》んで放さないお前こそ、四丁目の店を離れて何してるんだよ」

六平太がからかうと、

「今、人通りが減ったから、おりき姐《ねえ》さんの様子を見に行こうかと思って」

いつもなら喧嘩腰《けんかごし》で言い返してくるお蘭が、殊勝な声を返した。

「おりきがどうしたんだ？」

声を低めた六平太に、

「昨日、髪結いからの帰りにくじいた足が、今日になったら腫《は》れて疼《うず》いて、動くのに難儀してるんだよ」

お蘭は、顔をしかめてそう告げた。

「そうか、分かった。おりきの家にはおれが行くから、お前は戻って客を店に引っ張り込め」

六平太が返事も聞かずに道を下ると、

「ありがとうねっ」

お蘭の声が背中に届いた。

二

参道の坂道を下った六平太は、音羽九丁目と桜木町の間の道を右へと曲がり、その先の目白坂を急ぎ上がった。

おりきの家は、坂上の目白不動の手前の左側にある。

団子屋と念珠屋の間の細道を通って奥へ行くと、平屋の障子戸を勢い良く引き開けた。

「おれだ」

土間に飛び込んだ六平太は、草履《ぞうり》を揃える間も惜しんで、長火鉢のある居間へと大股《おおまた》で入る。

と、そこにおりきの姿はなく、

「こっちですよぉ」

庭の向こうから届く大洗堰《おおあらいのせき》の水音に交じって、おりきの声がした。

居間に接する寝間を見ると、障子の開いた縁側に腰掛けているおりきが苦笑いを浮かべている。

「参道でお蘭に会ったら、足のことを聞かされて、飛んで来たんだよ」

寝間に入りながら声を掛けると、

「杖《つえ》を支えに歩いていたら、今度は左足のふくらはぎが凝ってしまったからさぁ」

庭の沓脱《くつぬぎ》に下ろしていた両足を軽く叩《たた》き、

「座っているより、左足はこうして下ろした方が楽なんだよ」

明るく嘆いて見せた。

「昨日から、飯とか着替えとかはどうしてたんだよ」

「何をお言いだよ。この音羽に暮らしていて、不自由なことなんかあるもんですか。昨夜は『吾作』から夕餉が届き、今朝はお国《くに》さんが朝餉の粥《かゆ》を持ってきてくれて、厠《かわや》にまで肩を貸してくれましたよぉ」

「そうか」

そんな話を聞いて、六平太の口から安堵《あんど》の声が出た。

「そればかりか、毘沙門《びしゃもん》の親方も気にかけて下すって、何かと若い衆が声を掛けに来てくれるし、それに、穏蔵《おんぞう》さんまで様子を見に来てくれたよ」

「ほう」

六平太はそれ以外に言葉も出ず、少し髭《ひげ》の伸びた頰を軽く片手で撫《な》でた。

「こんちはぁ」

戸口の方から若い男の声がするとすぐ、

「おりきさん、佐太郎《さたろう》です」

毘沙門の甚五郎の片腕として若い者を率いる佐太郎の聞きなれた声がすると、すぐ、

「『五作』の国も一緒です」

菊次《きくじ》の女房の声もした。

「おう、上がってくれよぉ」

六平太が声を張り上げると、

「ほら、やっぱり秋月さんの声ですよ」

などというお国の声とともに、佐太郎と毘沙門の若い衆の六助《ろくすけ》が居間に姿を見せた。

「さっき、楊弓場のお蘭さんが立ち寄って、秋月さんが目白坂を駆け上ったというから、昼餉の雑煮は二人前にして持って来ましたから」

お国はそういうと、岡持《おかもち》に入れて運んで来た土鍋を長火鉢の五徳に載せた。

「すまないね」

礼を口にしたおりきが、足を上げて居間に這《は》い寄ろうとするので、六平太は咄嗟《とっさ》に手を出して立ち上がらせて、居間へと誘《いざな》う。

「六助、そりゃなんだい」

おりきに肩を貸して居間の方に向かいながら、六平太は、六助が抱えている小さな腰掛のようなものに眼を向けた。

「腰掛ですよ」

六助が答えると、

「昨日、おりきさんの様子を見て、座ったり立ったりするのが難儀そうでしたから、長火鉢にも使える低めの腰掛を拵《こしら》えさせたんですよ」

佐太郎が言い終わるや否や、六助が猫板の傍《そば》に腰掛を置く。

それを見た六平太は、おりきを支えて木製の腰掛に座らせた。

「こりゃぁいいね」

座ったおりきは、左の腕を猫板に載せて、脇息《きょうそく》にもたれるように身を預ける。

「こりゃいいよ。足は伸ばせるし、肘掛《ひじかけ》があるから立つときも楽だ。佐太郎さん、六助、有難く使わせてもらいますよ」

腰掛に座ったまま、おりきは二人に頭を下げた。

「佐太郎さん、甚五郎親方にもよろしく言っておいてくれないか」

「へぇ」

佐太郎が六平太に頷くと、

「それとほかに、おれらが来たついでにやっておくことはありませんか」

六助がおりきにお伺いを立てた。

「おれが居るから、あとは大丈夫だ」

六平太がそういうと、

「来たついでです。手のあるうちに何かやって行きますから」

佐太郎の物言いには、引き下がる様子は窺えない。

そして、

「風呂の水汲《みずく》みなんかどうですかね。六助と二人なら、あっという間に済みますから」

「そりゃ、ありがたいけど」

おりきが呟《つぶや》くと、

「それじゃ水汲みをしていきますんで、秋月さんは昼餉を摂《と》ってください。わたしら、桶の在《あ》り処《か》も知ってますから、ご心配なく」

佐太郎と六助は、土間の履物を摑んで台所の土間に下りると、天秤棒《てんびんぼう》と大きめの桶を二つ持って庭に出、釣瓶《つるべ》を落として井戸の水を汲み上げ始めた。

「あ、そうそう」

庭の水汲みが始まるとすぐ、声を出したお国が袂《たもと》に手を差し込んで、小さな紙袋と何かを描いた四つ折りの紙をおりきの横の猫板に置き、

「これは、艾《もぐさ》です。風呂上がりに、秋月さんに灸《きゅう》を据えてもらうといいですよ」

紙袋から艾を摘まんで見せた。

「だが、おれはツボを知らんぞ」

「だろうと思って、足のツボを絵にしておきましたから、これを見ながら据えればいいです」

お国が、猫板に置いていた四つ折りの紙を開くと、膝から下の脛《すね》と足の甲、それに膝裏のふくらはぎから足首までの絵が大まかに描かれていた。

その絵に描かれた脛の付け根のあたりに黒い丸印があり、その脇に『丘墟《きゅうきょ》』というツボの名が記されていた。

そのほかに、『金門《きんもん》』『足三里』『解谿《かいけい》』『委中《いちゅう》』『水泉《すいせん》』などとも記されていて、その場所ごとに黒丸があった。

「この黒丸のところに艾を置いて、線香の火を点《つ》けてください」

お国にそう教えられて、六平太は素直に頷いた。

「だけどお国さん、どうして灸に詳しいのさ」

「そりゃおりきさん、菊次さんと所帯持つまで、わたしほら、子供抱えてたじゃありませんか。だからいろいろやって、稼がなきゃいけなかったわけですよ」

暗さを微塵《みじん》も見せずに、お国は陽気に言い放った。

居間の長火鉢の傍に敷いた莫蓙《ござ》に、膝から下を露《あら》わにしたおりきがうつ伏せに横たわっている。

その傍らに胡坐《あぐら》をかいた六平太が、灸のツボが記された紙を脇に置いて、おりきの両足の膝裏にある『委中』に据えた艾に、慎重に線香の火を点ける。

するとすぐに煙が立ち上る。

その煙は、入り込む風にふわりと運ばれて行く。

縁側の雨戸は閉め切らずに、一枚分だけ開けていた。

艾は一か所に三度据えてから、別のツボに移るようお国から言われたとおり、燃え尽きた艾を指で払い落とすと、六平太は二度目の艾を両膝の『委中』に置く。

「日暮れてから聞く大洗堰の水音が、なんだか昼間より大きいような気がするねぇ」

うつ伏せのおりきから、くぐもったような声がした。

「そりゃそうだ。妓楼《ぎろう》や料理屋の辺りはともかく、この辺りに人通りはなくなるからな」

「まぁ、そういうことだろうね。ちょっと熱いよ」

「すまねえ」

六平太は慌てて、燃えきらない『委中』の艾を指で押し潰《つぶ》した。

この日、佐太郎や六助に溜《た》めてもらった風呂の水を、夕刻になって沸かし、六平太はおりきを支えて湯船に入れた。

二人で湯船に浸《つ》かったのは、何年かぶりのことだった。

風呂を出た後、居酒屋『吾作』から届けられていた焼き魚付きの夕餉は、長火鉢を飯台にして食べた。

『委中』への灸が終わると、おりきを例の腰掛に掛けさせて、両足首の『解谿』、足の甲の『丘墟』、くるぶしの『水泉』のツボにそれぞれ三度ずつ据え終えた。

「もう、こっちはいいからさ、『吾作』にでも行っておいでよ」

六平太が、艾や線香の灰が落ちた茣蓙を縁側で叩いていると、おりきからそんな声が掛かった。

六平太は縁側の雨戸を閉め切ると居間に戻り、長火鉢の傍で腰掛に掛けているおりきの近くで胡坐をかいた。

「甚五郎親方はわたしに気を遣って、六平さんを誘うのを遠慮しておいでだろうし。だからさぁ」

「そうだなぁ」

曖昧な物言いをした六平太は、長火鉢の縁に置いていた湯呑《ゆのみ》に手を伸ばす。

「だけど、こんなことになっちまってさ――わたしも焼きが回ったかねぇ」

明るく吐き出したおりきは、腰掛から伸びた足の脛辺りを軽くさする。

「そんな年じゃあるめぇ」

そういうと、六平太は湯呑の茶を一気に飲み干す。

「正直に言うと、遠くへの髪結いが、時々きついと思うことがあるんだよ。ことに、牛込の坂道とか、大塚台《おおつかだい》や小日向《こびなた》台に上がる坂とかがさぁ、疲れるのさ」

おりきの口から、珍しく気弱な言葉が出た。

「いっそのこと、廻《まわ》り髪結いはやめて、客にはここに来てもらうことにすりゃいいじゃねぇか」

「そうするのは簡単だけどね。そうすると、ここまで足を運べないお人も出てくるんだよ。それを考えると済まなくてさぁ」

そう言ったおりきが、はぁと息を吐いて、

「いっそ、髪結いをやめますかねぇ」

自棄《やけ》のように言い放った。

「いいよ」

六平太がさらりと応えると、

「いいったって、どうやっておまんまを食べるんですよぉ」

おりきは、笑い顔を後ろにのけ反らせた。

「お前一人ぐらい、おれが面倒みるよぉ」

そう口にした六平太に、おりきは真顔を向けた。

それに気付くと、

「なんだよ」

六平太は軽く口を尖《とが》らせる。

「ふん、なんだよ。こんな時に、人の弱みに付け込みやがって」

おりきが、冗談めかした啖呵《たんか》を切ると、

「弱みに付け込むのも兵法のひとつだよぉ」

六平太は、芝居じみた物言いをして背筋を伸ばすと、おりきは、

「ふん」

そう声にして、そっぽを向いた。

夏の半ばには程遠いが、明日は五月になるという音羽の夜は凌《しの》ぎやすい。

暗い目白坂を下った六平太は、小川に架かる小橋を渡るとすぐに左に折れた。

その小道は小川に沿って参道と並行に護国寺の門前方向に延びている。

大きな商家や料理屋や旅籠《はたご》などが軒を連ねる参道には、日暮れと共に明かりが灯《とも》り、夜の楽しみを求める男どもが、光に集まる虫の如《ごと》く、音羽にやって来る。

江戸でも名だたる岡場所《おかばしょ》を擁する音羽は、夜になった方が華やぐ。

参道から一本西側にある小道は表通りより暗いが、小体《こてい》な居酒屋や食べ物屋もあり、道には様々な食べ物や酒を、ひとつ四文（約百円）で売る四文屋《しもんや》もいれば、酒だけを飲ませる屋台の酒売り、辻八卦《つじはっけ》などがいて賑やかである。

その道を進み、八丁目と七丁目の辻の角に、火の入った居酒屋『吾作』の提灯《ちょうちん》が下がっていた。

「あら、いらっしゃい」

酒を運んでいたお国が、土間に入り込んだ六平太を見て声を上げると、

「お前さん、秋月さんだよ」

土間の奥の板場で動き回る菊次に声を掛けた。

土間とは格子窓で仕切られた板場に近寄った六平太は、

「昨日の夕餉からずっと、おりきに気を遣ってもらってすまなかった」

「なんの」

手にした包丁を横に振ると、菊次は、

「おりき姐さん一人にして来てよかったんですか」

ともいう。

「お前へのお礼かたがた、行って来いと言われてきたんだよ」

六平太がそういうと、

「だったら秋月さん、ほら」

六平太の腕を取ったお国が、入れ込みの板張りに体を向ける。

すると、何人かの客に紛れるようにして座り込んでいた重兵衛《じゅうべえ》が、六平太に会釈をした。

「さっきから、もしかしたら秋月さんが見えるんじゃないかと待っておいでだったんだけど、おりきさんのことがあるから分かりませんよって言ったとこだったんですよ」

お国がそういうと、

「焼き魚で飯を済ませたら、帰るつもりだったんですが」

重兵衛は目の前のお盆に載っている夕餉と、徳利《とっくり》一本を指し示す。

「貝谷《かいたに》さんどうです。奥の席に移って、酌み交わすっていうのは」

六平太が、土間の奥の卓を指すと、

「そこのお盆はわたしが持って行きますから、お先にお移り下さい」

　重兵衛にそう声を掛けると、お国は、土間から板張りに上がる。

　六平太が酒樽《さかだる》や味噌樽《みそだる》を腰掛にしている土間の奥の卓に着くと、重兵衛が来て、向かいに掛けた。

　すると、運んできたお盆をお国が重兵衛の前に置いた。

「酒は冷で二合と、酒の肴《さかな》は任せるよ」

　お国に注文すると、

「承知してますよ」

　板場の菊次からそんな声が飛んできた。

「しかし、おりきさんがそんなことになっているとは思いもせず」

「おれも今日来て、初めて知ったんだよ。ま、通いなれた道でも、石ころに蹴躓《けつまず》くこともあるってことだね」

　小さく笑った六平太の前に、お国が二合徳利とぐい飲みを二つ置いて、板場に戻った。

「最初だけ注《つ》ぎますよ」

「あ、恐れ入る」

　重兵衛は、自分の盃を差し出して六平太の酌を受ける。

「おれは手酌だから」

断った六平太は、重兵衛と酒杯を軽く持ち上げると、口に運ぶ。

その直後、重兵衛から元鳥越《もととりごえ》の様子を尋ねられた六平太は、烏森藩《からすもり》の中屋敷勤めの者の姿は見ていないと、偽りなく返答した。

「そうだ。貝谷さんの音羽での辻八卦の商売は、こっちの香具師《やし》の元締の了解も得られたと小四郎《こしろう》さんから聞きましたよ」

「これも、秋月さんが引き合わせて下された毘沙門の親方のお陰です」

重兵衛は深々と頭を下げた。

「烏森藩の川俣文蔵《かわまたふみぞう》の方がどうなるかは分からんが、当分は、こちらでも稼げるのは心強いじゃありませんか」

そういうと、六平太は自分のぐい飲みに酒を注ぐ。

「ちと尋ねますが」

徳利を置いた六平太が口を開くと、

「なにか」

畏《かしこ》まった重兵衛の様子に、六平太はふと躊躇《ためら》いを覚えたが、

「小四郎さんが、貝谷さんを父上と呼んでいるのは、前々からそう仕向けたわけですか」

「いや。それは、成り行きですよ」

静かに答えた重兵衛は、

「母親の早苗《さなえ》が死んだあと、小四郎の面倒を見ていたわたしの二親も相次いで死んだことは、お話ししたと思いますが」

そう口にしたが、そのことは六平太も覚えていた。

母親や祖父母に死なれて身内を失った四つの小四郎の行く末について、貝谷家の下男をしていた末松《すえまつ》が江戸に文を送ると、それを受け取った重兵衛は、自分が引き取ると返事をしたのだ。

末松は小四郎を江戸に連れて来る道中、江戸には父親の重兵衛がいるのだと諭したという。

それから二人暮らしをする年月を重ねるうちに、小四郎はおのずと重兵衛を父として見ていたのかもしれない。

「わたしとしても、それでよいと思いまして、父親ではないと、敢《あ》えて言い張ることはしなかったのですよ」

重兵衛はそう述懐した。

「しかし、死んだ母親の兄だとは知っていましたから、そのわたしが父だということには、小四郎も妙だとは思っているのかもしれません」

重兵衛のいうことに、六平太は黙って頷いた。

「小四郎も十六になったからには、はっきりと、伯父だと言った方がよいのかも知れませんな」

「そうですね」

そうは言った六平太だが、今更話さなくてもよいとも思う。

小四郎が、重兵衛は伯父だと知っていることを、先日、穏蔵から聞かされていたのだ。

打ち明けたところで、二人の関係に亀裂《きれつ》が入るなど、六平太には考えられなかった。

三

「六平さん、六平さん」

そんな声を掛けられて、肩をゆすられていることに気付いた六平太は、うっすらと眼を開けた。

縁側の雨戸は閉まっていたが、その隙間から差し込む光が寝間の障子に映っている。

「六平さん」

その声に体を起こすと、布団を並べて寝ていたおりきが顔を近付け、

「戸口から男の声がするんだよ」

という。

すると、トントンと戸口の障子戸を叩く音がした。

起き上がった六平太は、寝間着の身頃を合わせながら戸口へと行く。

そして再び、トントンと戸を叩く音がした。

「誰だ」

六平太が声を発すると、

「朝早く申し訳ありません、沢田庄助です」

切羽詰まったような声が返ってきた。

すぐさま土間におりた六平太が心張り棒を外して障子を引き開けると、そこには顔を強張《こわば》らせた庄助がおり、

「伊奈様が、昨夜、お屋敷にお戻りにならなかったんです」

と、声を掠《かす》れさせた。

月が替わった五月一日の朝である。

「昨日、関口水道町まで付けてきた伊奈殿を捕まえたんじゃないのか」

六平太が尋ねると、

「いえ。近づいて行ったら、逃げられてしまいまして」

顔を伏せた庄助は、伊奈が六平太を追ったものと思い、音羽一帯を一刻半（約三時

間）ばかり探し回ったが見つからなかったと明かした。

「それで、赤坂のお屋敷に立ち戻られたに違いないと、わたしも戻りましたが伊奈様は居られず、その夜はとうとう、お屋敷にはお帰りにならなかったのです。それで、まだ音羽のどこかに残っておいでなのではと思い、こうして」

そういうと、悄然《しょうぜん》と首《こうべ》を落とした。

「しかし、伊奈殿ならほかにも行き場はあるだろう。神田豊島《としま》町の戸根崎道場には伯父御がおいでだと聞いてるぞ」

「あ。なるほど。菊代のお方様の兄上の道場ですからね」

俄《にわ》かに喜色を浮かべた庄助は、

「わたしはこれで」

一礼すると、慌ただしく戸口から駆け去った。

伊奈が神田豊島町に行ったとすれば、戸根崎道場から赤坂の屋敷に知らせが走ったはずだ——六平太はふとそう思ったが、駆け去った庄助を追って行くのは、やめた。

四

東の空からの日射《ひざ》しを正面から受けた六平太が、目白坂を下っている。

菅笠を被っているから、日射しは避けられるが、路面からの照り返しが案外眩《まぶ》しい。

今朝、やってきた庄助にたたき起こされたのは、日が昇ってすぐの時分だった。そのあと布団に横になって寝たのだが、隣りの布団でごそごそと音を立てるおりきに気付いて目を覚ました。

一人で立ち上がろうとするおりきに手を貸して立たせて居間に行き、昨日貰った木製の腰掛に掛けさせてから、縁側の雨戸を開けた。

二度寝をしてから半刻（約一時間）ばかりが経《た》っていたようだ。

庭に下りた六平太は井戸の水を汲んで顔を洗い、もう一本の手拭いを桶の水に浸して絞り、居間に腰掛けていたおりきに、

「水が冷たいから、拭けばさっぱりするぜ」

絞った手拭いを渡した。

そのあと、六平太は獅子奮迅《ししふんじん》の働きをした。

居間に敷いた布団を押し入れに押し込むと、台所に移動して竈《かまど》と七輪に火を熾《おこ》して、水の入った鉄鍋を七輪に載せた。

その後、もう一つの釜で米を研いで竈に載せると、昨夜、『吾作』から貰い受けた葱《ねぎ》を切り、豆腐を切った。

『市兵衛店《いちべえだな》』ではいつもしている朝餉《あさげ》作りに六平太は勤《いそ》しんだのだ。

飯が炊き上がると、六平太が拵えた味噌汁と、やはり『吾作』からの貰い物の漬物などで、二人の朝餉とした。

それを食べ終えた頃、すぐ近くの目白不動から、五つを知らせる時の鐘が打たれた。

洗い物を終えた六平太は、居間の長火鉢の傍に茣蓙を敷いて、腰掛に掛けさせたおりきの足に、昨夜と同じ灸を据えてやった。

「昨日からの六平さんのご尽力のせいか、足の具合が大分いいようだよ」

灸の後、六平太の肩に掴まらせて縁側まで歩いた時、おりきの口からそんな言葉が出た。

そりゃそうだろう――つい、そう言いかけた六平太だが、言葉を呑《の》み込んだ。

「そしたらおれは、昨日会えなかった毘沙門の親方のところに行って礼を言ってくるよ」

「そしたら、『寿屋』さんにも顔を出しておくれよ」

おりきが口にしたのは、五丁目の小間物屋の名である。

「穏蔵になんか用か」

「六平さんが来る前の日、旦那の八郎兵衛《はちろべえ》さんからもお見舞いを頂いたからさ」

「分かったよ」

そう請け合って家を出た六平太は、目白坂を下っていた。

坂を下り切って参道へ出た六平太は右へ曲がると、目指す甚五郎の家は神田上水の際にある。

「ごめんよ」

菅笠を外した六平太が、戸の開け放された土間に足を踏み入れると、いつもは土間と板張りで仕事をしている若い衆の姿はなく、甚五郎と佐太郎が神棚の下の文机《ふづくえ》を挟んで、帳面を眺めていた。

「こりゃ秋月さん、おりきさんのご様子はどうです」

甚五郎から気遣う言葉が向けられた。

「いやぁ、親方はじめ、佐太郎さんや若い衆には何かと心配をしてもらったから、お礼をしてくれとおりきに言いつかって来ましたよ」

六平太は二人に軽く頭を下げると、

「佐太郎さんが昨日持ってきてくれた腰掛、あれは大いに助かってるよ」

とも付け加えた。

「そりゃ何よりでした」

笑みを浮かべた佐太郎は、軽く頷く。

「これから小間物の『寿屋』さんにも顔を出しますから、わたしはこれで」

六平太が軽く叩頭して出かかると、

「秋月さん、こちらにはいつまでおいでですか」

甚五郎から声が掛かった。

「えぇ。おりきの塩梅《あんばい》がよくなるまでと言いたいところですが、わたしには稼がなきゃならない用事もあるもんですから。あと二、三日位はいるつもりです」

六平太がそう返事をすると、

「おいでの間、気晴らしをしたいというような時は、声を掛けてくださいよ」

「ありがとう存じます」

六平太は会釈して表通りへと出た。


次に向かう小間物屋『寿屋』は五丁目だから、甚五郎の家からは、五、六町（約五百四十五から六百五十四メートル）くらいの道のりがある。

日除《よ》けの菅笠を手に持って、六平太は坂道を上がり始めた。

護国寺へと続く道の広い参道には、お店者や担ぎ商いの者たちが忙しく行き交っているが、近隣の寺々の参拝者か庭見物の行楽者もかなりいると思われる。

そんな老若男女の間を縫うように歩いた六平太は、庇《ひさし》の上に『寿屋』の看板の掲げられた入り口から、店の中に足を踏み入れた。

「これは、いらっしゃいまし」

声を上げて迎えたのは、『寿屋』では古手の手代、長吉《ちょうきち》だった。

「八郎兵衛さんはおいでかね」

「それが生憎《あいにく》、店開け早々に日本橋に出かけまして、帰りは昼を過ぎるものと思いますが」

「いや、八郎兵衛さんから足を痛めたおりきに見舞いを貰ったんで、そのお礼にと思って寄っただけなんだ」

六平太が用件を伝えると、

「穏蔵が奥にいますから、呼びましょうか」

「いや、それには及ばねぇよ。おれがお礼に来たことは、長吉さんから旦那に伝えてもらえればいいよ」

「はい。承知しました」

「それじゃ」

六平太は、腰を折った長吉に軽く手を挙げると、店を出て、元来た方へ参道を下り始めた。

するとすぐ、背後から下駄の音が近づいて来て、

「秋月様」

聞きなれた穏蔵の声がしたので、六平太は足を止めた。

「なんだい」

追いついた穏蔵に声を掛けると、

「おりきさんのお加減はどうかと思って」

「おれの灸が効いたのか、昨日より楽だと言ってるぜ」

六平太の返答に笑顔で頷いた穏蔵は、すぐに改まり、

「わたしの仮祝言には、秋月様は来て頂けるのかどうか、お聞きしたくて」

顔を強張らせて、問いかけた。

「ま、よほどのことがない限り、そのつもりだ」

六平太が返答すると、穏蔵は操りの人形のようにぎくしゃくと腰を折ると、顔も上げずに踵を返して、『寿屋』の方へと急ぎ駆け去った。

その姿を見送った六平太が坂下へ足を向けた途端、

「『寿屋』の穏蔵さんが頭を下げるなんて、何か悪いことでもしたんですかぁ」

そんな声が背中に刺さった。

下駄を鳴らして近づいて来たのは、矢取り女のお蘭である。

「あの挨拶は、何も詫びなんかじゃねぇよ。お店者のただの挨拶だ」

「それならいいや」

笑みを浮かべたお蘭は、

「おりき姐さんの塩梅はどんなです？」

と、気遣うような声を出した。

「昨日よりはましだと言ってるよ。ま、おれが手取り足取りして苦労した賜物《たまもの》だね」

「ふうん、それはよかったけど、昨日から妙な侍が秋月さんのことを聞き回っているよ」

「妙とはなんだ」

六平太がお蘭に尋ねると、

「袴を穿《は》いて刀を差した網代笠の侍姿だけど、声は女なんだよ。それで、変だなと思って、あたしが顔を覗《のぞ》こうとしたら、笠を下げて隠しやがった」

お蘭のいう侍は戸根崎伊奈に違いあるまい。

沢田庄助の眼をくらませて、昨夜は音羽のどこかに泊まったものと思われる。

「そいつは、何を聞き回ってたんだ」

「ええとね。あの者は、ていうのは秋月さんのことだけど、あの者はそなたのように道端に立つ、生業《なりわい》も分からぬ婀娜《あだ》なおなごとも気安く口を利き、通りがかりの堅気とは思えぬ輩《やから》とも親し気に口を利いているが、いったい何者なのだ。なんてことを聞かれたから、あのお人のことはこの町の半分の人は、知ってるって言ってやった」

「半分は大袈裟《おおげさ》だろう」

「うん。大袈裟ついでに言ってやったよ。何者かなんて、一言じゃ言えないって。なにせ、あたしの大事な人だからさぁって」

そういうと、お蘭はにやりと笑い、

「でもこのことは、おりき姐さんには内緒にねっ」

六平太の耳元近くで囁《ささや》いた。

「言ってやる」

そういうと、体を回して坂下へと足を向けた。

「言うのはやめておくれよ。姐さんに殺されちまうじゃないかぁ」

お蘭の叫びを背中で聞いた六平太は、声を立てずに小さく笑った。


護国寺の参道で立ち話をした六平太は、その足をおりきの家へと向けている。

あと四半刻もすれば九つという頃おいである。

いつもなら、音羽七丁目の居酒屋『吾作』に寄って昼餉にありつくのだが、動けずに家にいるおりきを放って、自分だけ腹を満たすわけには行かない。

坂の上からは、目白不動の飴《あめ》屋で買い求めたと思える紙の袋を手にした老夫婦や、子供連れの夫婦者が下りてくる。

上る六平太の目の前に、埃《ほこり》まみれで継《つ》ぎ接《は》ぎの脚絆《きゃはん》に、わらじ履きの足が立ち止ま

いた。

足を止めて見上げると、墨染の衣を着た饅頭笠《まんじゅうがさ》の雲水が、錫杖《しゃくじょう》を手にして立っていた。

「ご浪人、ご用は済みましたかな」

饅頭笠の下から聞こえた声は、紛れもなく、熊八《くまはち》のものだった。

「来てたのか」

六平太が口を開くと、縁を摘まんで笠の前部を持ち上げた熊八の顔が見えた。

「神田岩本町《いわもと》の口入れ屋『もみじ庵《あん》』からの使いが、今朝早く『市兵衛店』の秋月さんを訪ねてきましたので、その用件を知らせに来ました」

「わざわざこっちに来たのか」

「いえいえ。端午節句の前は、どこの神社仏閣も賑《にぎ》わいますから、子の成長、家の繁栄をもたらすお札《ふだ》は、どこに行ってもよく売れるんです。これから、伝通院《でんづういん》、白山《はくさん》神社を回り、湯島《ゆしま》天神、神田《かんだ》明神でお札を売りながら帰途に就こうかと思ってます」

「そりゃ大事だが、『もみじ庵』の用っていうのは、なんだい」

「おりきさんにはお伝えしましたが、秋月さんには、今日の内に『もみじ庵』にお出《い》で願いたいというのが、主《あるじ》の忠七《ちゅうしち》さんからの言付けでした」

「分かった」

返答した六平太は、懐の財布から四文銭（約百円）と一文銭を取り混ぜて、二十文（約五百円）を摘まみ出し、

「昼飯の足しにしてくれ」

そう言って、熊八が首から下げた頭陀袋《ずだぶくろ》に入れた。

「拙僧はこれで」

片手で六平太を拝んだ熊八は、錫杖で地面を突きながらのんびりと坂を下って行く。

大道芸人の熊八は、時季によってさまざまな扮装《ふんそう》をする。

正月は『三河万歳《みかわまんざい》』や『節季候《せきぞろ》』になって新年の町を巡るし、ある時は神官の装りをして予言を言いながら踊る『鹿島《かしま》の事触《ことぶ》れ』にもなる。

ある時は猿の滑稽《こっけい》な動きを真似《まね》て演じる『猿若《さるわか》』など、いろいろなことをして稼ぐので、『市兵衛店』の者からは『なんでも屋の熊さん』と呼ばれていた。

今日の熊八は、色あせた薄墨の衣をまとってところどころ穴の開いた饅頭笠を被っている。錫杖を鳴らして歩く様子は雲水になり切っており、つい笑みを浮かべた六平太は踵を返し、団子屋と念珠屋の間の小道へと入り込んだ。

おりきの家は、近隣の家や神田上水の流れのせいか、心なしか涼しい。

その家に飛び込んだ六平太は、目白坂で熊八に会ったことを明かし、昼餉を摂って

から神田へ行くと告げ、支度のために台所に立ったのだ。

支度と言っても、飯は夕餉の分まで炊いていたから、残っている昆布の佃煮《つくだに》や梅干しなどで湯漬けにすれば、昼餉としてはまずまずだろう。

湯を沸かし、飯を茶碗《ちゃわん》に盛るとそこに梅干しを載せる。六平太とおりきは長火鉢を飯台代わりにして湯漬けを掻《か》き込んだ。

一緒に食べ始めたものの、六平太はあっという間に食べ終え、

「着替えてくる」

と言って腰を上げ、隣りの寝間に入った。

おりきの家の寝間の簞笥《たんす》には、今の時季、単衣の着物が三枚は置いてある。

何日にもわたって居続けてもよいように、あらかじめ置いてあるのだ。

その中から、紅藤《べにふじ》色の無地の単衣を選んで着替えると、六平太は白い博多帯を選んで居間へ戻る。

すると、

「ご馳走様《ちそうさま》」

食べ終えたおりきが箸《はし》を置いたところだった。

「洗い物は『もみじ庵』から戻って来てからおれが洗うから、そのままにしておけよ」

帯を締めながら命じると、

「何を言ってるんですよぉ。なにも慌ただしく戻らなくてもいいじゃないか。神田に行くんなら、元鳥越町に帰った方が楽だよ」

「おれはそうかも知れんが、お前が難儀するだろう」

「この腰掛のお陰で立ったり座ったりが大分楽になったから、心配しなくてもいいよ」

「おいおりき、そんなこと言わねぇで、おれにお前の世話をさせろよ」

締め終えた帯を叩いた六平太がそういうと、

「ふん。ほんとに人の弱みに付け込むのが好きだねぇ」

笑ったおりきが、そう口にした。

「行きがけに、『吾作』に寄っておめぇの夕餉のことは菊次に頼んで行くから、台所に立とうなんてするんじゃねぇよ」

六平太がそう言って刀を摑むと、

「だけど六平さん、神田から無理して引き返してくることはないからね」

おりきは腰掛に掛けたまま、声を掛けた。

「あぁ。無理はしないよ」

片手を挙げて応えた六平太は、戸口へと向かった。

五

六平太が西日を背中に受けて湯島の昌平坂《しょうへいざか》を下り終えたのは、八つ（二時頃）を少し過ぎた刻限だった。

そのまま筋違橋《すじかいばし》の袂を通り過ぎて、神田川に架かる和泉橋《いずみばし》から柳原通《やなぎわらどおり》に渡ると左に曲がり、武家屋敷の角から南へ延びる道へ入り、四町（約四百三十六メートル）ばかり歩いた先に神田岩本町の口入れ屋『もみじ庵』はある。

「ごめんよ」

六平太は声を掛けながら、所々色の褪《あ》せた臙脂《えんじ》色の暖簾《のれん》を割って、開けっ放しの戸口から土間に足を踏み入れた。

「いやぁ、よくお出で下さいましたなぁ」

板張りの帳場机に着いていた忠七が、

「使いの者から、秋月さんは留守だったと聞いた時は、どうなるものかと思いましたが」

安堵したように笑みを浮かべた。

「『市兵衛店』の例の熊八が、音羽に足を延ばしたついでだからと知らせに来たよ」

「あぁ。『市兵衛店』には江戸の町を歩き回る熊八さんのような大道芸人、諸方の寄《よ》席《せ》や御贔屓《ごひいき》の旦那にくっ付いて、花見やら料理屋やらへお供をするお人がおいでだから、こちらは助かりますよ」

忠七の言う通り、六平太が音羽に行っている時は、熊八か噺家《はなしか》の三治《さんじ》のどちらかが言付けを届けてくれることになっていた。

そんなことが十年以上も続いているから、音羽の者も二人とは顔なじみになっていたし、忠七は頼りにしている。

「それで、呼び出しの用件は」

板張りの框《かまち》に腰掛けた六平太が尋ねると、

「いつも通り、付添いの件ですよ」

忠七は、帳場格子に下げていた帳面を取って机で開いた。

「まさか、今日じゃあるめぇな」

「少し先の、五月十日です」

帳面から顔を上げた忠七は笑みを浮かべ、

「しかも、ありがたいことに、このところ『もみじ庵』を贔屓にしていただいている日本橋の『信濃屋《しなのや》』のご隠居様からのお名指しでして」

さらに目尻を下げた。

「断れねぇかね」

六平太が恐る恐るお伺いを立てると、

「何をおっしゃいますかっ」

即答した忠七が、眼を吊り上げた。

「日本橋の『信濃屋』は、うちとは全く縁のなかった大店《おおだな》なんですよ。それが、今年の正月に主の太兵衛さんから付添いのお声が掛かって以来、気難しいと噂《うわさ》に聞くご隠居様からも、この『もみじ庵』にたて続けにご依頼があったんじゃありませんか」

「うん」

忠七の言うことに間違いはなく、六平太は素直に頷いた。

「なのにですよ秋月さん。そんなありがたいお得意先に、こちらから断りを入れるなど言語道断ですよ。結ばれた糸をこちらから断ち切るようなものじゃないですか。そんなこと、出来るわけがないっ」

背筋を伸ばして理屈をぶつける忠七に、六平太は抗《あらが》うこともならず、小さく溜息《ためいき》をついた。

忠七がいうのは、もっとものことなのだ。

「それとも、『信濃屋』のご隠居様に、なにか不満でもおありですか」

「不満というか――」

「あっ。その様子だと、ありますねっ」

そう口にすると、忠七は机に向かっていた両膝を動かして、六平太に体を向けた。

「不満というよりも、不審なんだよ」

「え」

声にならない声を洩らした忠七が、きょとんとした。

「これまで、おれのいうことなすことに露骨に嫌な顔をしたり、ご隠居が叱った太兵衛さんの肩をおれが持ったら、その場では何も言わず、後になってあの付添いはなんだとか、腹を立てていたということを聞いたんだ。それなのに、句会の吟行《ぎんこう》の付添いにひそかにおれを名指しさせたのが、あのご隠居だと分かったのは、後のことだったよ。馴染《なじ》みの連中のいる吟行で、おれに恥をかかせようという魂胆だったに違いないんだ」

「その時、恥をかかされるようなことがあったんですか」

声を低めた忠七から、身を乗り出すようにして問われた六平太は、ほんの少し思案して、

「これという仕打ちは、されなかった」

そう呟いた。

「秋月さんの思い過ごしじゃないんですか」

「だがね、四月の、『信濃屋』の孫たちとの灌仏会《かんぶつえ》の付添いにも同行したが、後日、料理屋に呼び出されて、灌仏会に行ったご隠居の孫娘のうち――」

そこまで口にしたところで、六平太は口を閉じた。

隠居のおすげから、後日、気に入った孫娘はいたかと、まるで見合いを企《たくら》んでいたような物言いをされたのだ。

「とにかく、あのご隠居の腹が読めなくて薄気味悪いんだよ。だいたい、五月十日ってのは、何の日だ。大川の川開きは二十八日だし、十日は、大相撲《おおずもう》の夏場所か？」

「夏場所は例年、月半ばからですよ」

「じゃなんだ」

「とにかく、これから『信濃屋』さんに顔を出して、行先など聞いて来て下さいよ」

忠七に諭された六平太は、溜息をついて頷いた。

「言っておきますが、決して断ろうなどとしちゃいけません。いいですな」

六平太は、小さく頷く。

「『信濃屋』さんでの話がすんだら、事の次第を知らせに来ていただきます。よろしいですな」

「だが、四谷の道場の代稽古が、朝か昼かによっては付添いが叶《かな》わぬこともあるし、向こうの頼みを聞けないこともあるが、それはよいな？」

努めて淡々と、情を籠《こ》めずにいうと、

「それは仕方ありませんが、ともかく、お待ちしております」

「ただ、『信濃屋』に行ったあと、神田豊島町の道場に行く用があるから、ここにはそのあとになるが、よいな」

そのことに頷いた忠七を見て、六平太は帳場の框から腰を上げた。


口入れ屋『もみじ庵』を後にした六平太は、牢《ろう》屋敷のある小伝馬《こでんま》町の脇を通って堀留《ほりどめ》に出たあと、伊勢町堀《いせちょうぼり》に沿って江戸橋《えどばし》に向かう道筋を立てていた。

つい先刻、六平太が『もみじ庵』の忠七に言ったことは、出任せではなかった。

神田岩本町に行くなら、ついでに、同じ神田の豊島町にある『戸根崎道場』に足を延ばすつもりだった。

六平太をしつこく付け回す戸根崎伊奈の挙動を、『戸根崎道場』の師範である伯父の戸根崎源二郎《げんじろう》に言上し、差し止めてもらおうという腹だったのだ。

神田岩本町から、『信濃屋』のある日本橋通《とおり》町二丁目までは、四半刻ばかりで着いた。『信濃屋』の表を通り過ぎた六平太は、板塀に沿って裏に回って、潜《くぐ》り戸を通り抜けて勝手口に立った。

「ごめんなさいよ。口入れの『もみじ庵』から参りましたが」

戸口で声を上げると、

「はぁい」

家の中から若い女の声がして、やがて、中から戸が開けられた。

「あら、秋月様」

笑みを浮かべて名を口にしたのは、『信濃屋』の番頭、五十助《いそすけ》の一人娘のお冴《さえ》である。

五十助が番頭になって、やっと妻帯した後に生まれたお冴は、年も十五と若い。

「実はご隠居に呼ばれたのだが、いついつと、刻限の取り決めをしていなかったのだよ」

「あ。ご隠居様はおいでですから、声を掛けてきますので、秋月様はお上がりになってお待ちください。どうぞ」

上がるように促された六平太は、履物を脱ぐと、奥へ通じる廊下をお冴に続いた。

「こちらでお待ちください」

廊下に膝をついたお冴は、障子を開けて、部屋の中を指した。

六平太が以前にも通されたことのある八畳の間に入ると、

「しばらくお待ちください」

そういって、お冴は障子を閉めて廊下を去った。

番頭の五十助から聞いたところによれば、『信濃屋』では最近、ちょっとした変化が起きたという。

主太兵衛《たへえ》の倅《せがれ》、尚作《なおさく》が、修業先から『信濃屋』に呼び戻される運びとなり、その後見に隠居のおすげが就くことが決まり、お冴がそのお側《そば》に仕えることになったらしい。

六平太の訪問をお冴がおすげに知らせに行ったことから、そのことは事実だと思える。

「お待たせをしました」

廊下からおすげの声がして、自ら開けた障子から部屋に入り、六平太の向かいに膝を揃えた。

「今日はなにか」

いきなり切り出したのは、おすげである。

「口入れ屋『もみじ庵』に依頼なされた、五月十日の付添いの件で、その詳細を伺いに上がりました」

「話次第では、受けられないこともあると言うことでしょうか」

丁寧な言葉遣いだが、声の響きには微《かす》かに棘《とげ》があった。

「何しろ、四谷の剣術道場の師範代をしておりますと、朝の稽古に駆り出されることもありますので」

「ほう。師範代をなすっておいででしたか」

おすげは、少し眼を見開くと、

「朝の稽古といいますと、その刻限は何刻になりますか」

「朝五つから一刻の稽古ですが、四谷への行き帰りにそれぞれ一刻近くを要しますので、昼前の付添いはお受け出来ませんが」

六平太が淡々と、丁寧に仔細《しさい》を述べると、

「十日の付添いは、夕刻からですから、わたしの付添いには障りはなさそうですね」

そう言って、おすげは笑みを浮かべた。

「夕刻からといいますと――」

「祝言の宴《うたげ》があるのですよ」

おすげの話によると、二十年以上も前、『信濃屋』で奉公していた手代が、望まれて染屋の養子になり、今ではそこの主になっているとのことだった。

その主の跡取り息子が嫁を取る運びとなり、その祝言が十日の六つ半（七時頃）からだという。

「ですが、行先が遠いので、七つ半（五時頃）にはここを出なければなりません」

「行先は、どちらで？」

「駒込浅嘉《こまごめあさか》町の吉祥寺《きちじょうじ》門前です」

「となると、お帰りはその夜か、それとも翌朝でしょうか」

「わたしは近くの旅籠に泊まりますが、付添い屋さんは、わたしを駒込に送り届けたら一旦戻って、翌朝、また旅籠に迎えに来てもらうことになりますね」

おすげは、のんびりとした口調で返答する。

「それでは、行ったり来たりして面倒ですから、わたしも駒込に泊まります。その宿代も込みの付添い料となるのですが、それでよろしいでしょうか」

「こちらが宿代まで払うのですか」

顔付きの変わったおすげの口から、尖った声がした。

「はい。『もみじ庵』ではそのような取り決めになっておりまして。ついでに言いますと、夜にかけての付添いは、一日分の二朱（約一万二千五百円）になりますが、構いませんね」

六平太の問いかけに、少し俯《うつむ》いて思案したおすげが、

「締めていくらの掛かりになりますか」

「行きと帰りの付添い料が合わせて三朱（約一万八千七百五十円）。わたしの宿代が七、八十文（約千七百五十円から二千円）くらいですかね。駒込は、日光御成道《にっこうおなりみち》ですから、値の張る旅籠もありますが、わたしは手ごろな宿で構いません。ただ、ご隠居、行き帰りは歩くおつもりですか」

「歩かないでなんとします」

おすげの声には、明らかに怒りの響きがあった。

「ご隠居は、駒込までお歩きになったことはおありですか」

「いえ。これまで、駒込の方には行く用もありませんでしたから」

「では、申し上げますが。日本橋から駒込と言いますと、湯島から本郷《ほんごう》への坂道もありまして、その先も登ったり下ったりしております」

「わたしが老いぼれたとでもいうのですかっ」

おすげが、挑みかかるような物言いをした。

「そうではなく。日本橋界隈《かいわい》を歩くようなわけには行かないと、老婆心ながら申し上げておりまして」

「なにが老婆心か――！」

低い声ながら、おすげは吐き捨てた。

「途中、どうなるかも知れない道中の付添いは、わたし一人では引き受けかねますが」

「断ると言うのですか」

「断るなど、とんでもないことです。この春、俳人の石山桃園《いしやまとうえん》さんの道灌山《どうかんやま》での吟行の時は、日本橋から上野《うえの》へは、四手駕籠《よつでかご》に乗って来たじゃありませんか。ですから、此度《こたび》も、日本橋から浅草までは猪牙船《ちょきぶね》を仕立てて、浅草から駒込へは四手駕籠にお乗りになったら如何《いかが》かと、そうお勧めしているわけでして」

するとと、

「その時は、船代、駕籠代が掛かるのでしょうな」

低い声を出したおすげが、窺うように六平太を見た。

「これまで、何度も猪牙船や駕籠を使っての付添いをした時のことを言いますと、両《りよう》国橋傍《ごくばし》の柳橋《やなぎばし》から浅草山谷堀《あさくささんやぼり》までの船賃は、百五十文（約三千七百五十円）でしたから、日本橋から乗り込むとしますと、それにあと百文（約二千五百円）ばかり足した値になります」

六平太のいう船賃を耳にしたおすげは、少し口を開けて眼を瞠《みは》った。

「山谷堀からは、今度は四手駕籠を雇いまして、吉原大門前《よしわらおおもん》を通り、根岸《ねぎし》の里を西に向かいます。そして、上野東叡山《とうえいざん》の北方を回って谷中《やなか》の坂を下り、そのあとは団子坂《だんござか》を上がりまして、四軒寺町の先で日光御成道に出ると、そこから駒込浅嘉町まではおよそ、五、六町ということになります」

「その、山谷堀から駒込までの駕籠のお代も掛かるのではありませんか」

「はい。わたしが付き添ったときには、日本橋から吉原大門までが二朱でしたから、あと一朱（約六千二百五十円）を足したくらいの値かと」

「それは、片道ではありませんか」

「はい。そうなります」

「行き帰りとなると、その倍ということに——いえ、船はともかく、浅草から駒込への駕籠は、付添いのあなた様も使うおつもりですか」

「とんでもない」

片手を横に振った六平太は、

「わたしが付添いをするときは、駕籠など使ったことはありませんで」

穏やかな笑みを浮かべた。

「そのしたり顔が、どうも気になる」

六平太の顔を見つめていたおすげが、低い声を出し、

「さっきから、あなたの話を聞いていると、夜の付添い料が二日分とか、船代、駕籠代とお金のかかる話ばかりして、このわたしからお金を引き出そうとしているように思えて仕方がありません」

「付添い料は、前々から『もみじ庵』が取り決めた値ですし、船代駕籠代がどのくらいのものかは、船宿や駕籠屋に聞いてみれば分かると思いますが、もし、得心が行かないと仰《おつしや》るなら、『信濃屋』の若い衆を付添いになさればよいのではありませんか」

六平太が事を分けて話すと、おすげは黙った。

これ以上言うこともない六平太は、ただ、おすげの出方を待つしかない。

八畳の部屋はしんと静まり返った。

「分かりました。付添いのことは、追って返事することにします」

おすげからは、抑揚のない声が向けられた。

「では、わたしはこれで」

丁寧に叩頭して、六平太は腰を上げげた。

六

六平太が舳先《へさき》に乗った猪牙船は、浜町堀《はまちょうぼり》をひたすら北へと向かっていた。

七つ（四時頃）少しすぎに『信濃屋』を後にした六平太は、通二丁目からほど近い楓川《もみじがわ》の材木河岸《ざいもくがし》で空舟を見つけて、乗り込んでいた。

一旦大川《おおかわ》に出た猪牙船は、箱崎から遡《さかのぼ》ると、中洲《なかす》近くの川口橋《かわぐちばし》から浜町堀へと入って行った。

六平太の行先は神田豊島町の『戸根崎道場』だが、船頭に頼んだのは浜町堀が神田堀へと名を変える角までである。

音羽から神田岩本町まで歩き、すぐに日本橋の『信濃屋』へと向かった足は、かなり凝っていた。

浜町堀が枡形《ます》に折れた先の幽霊橋《ゆうれいばし》で、六平太は心づけの一朱を船頭に渡して、猪牙船を降りた。

ほどなく七つ半になるという頃おいである。

口入れ屋『もみじ庵』の近くを流れる藍染川《あいぞめがわ》が東にながれるとっつきの、豊島町一丁目に、小野派一刀流《おのはいっとうりゅう》の『戸根崎道場』はあった。

「お頼み申す」

門を入った先にある式台前に立って、六平太は声を掛けた。

道場の稽古は終わっているらしく、竹刀などがぶつかる音も、声もない。

ほどなく、三人の、稽古着を着た門人が現れ、誰何《すいか》された。

「それがし、四谷の立身流兵法指南所『相良道場』の師範代、秋月六平太と申す者。『戸根崎道場』の師範、戸根崎源二郎殿にお目通り願いたい」

畏《かしこ》まって述べると、

「断る」

濃い眉の筋骨逞《たくま》しい男が声を荒らげると、

「当道場は、他流との立ち合いは致さぬ」

三人の中では年長の男が、見下したような物言いをした。

「おれが来たのは、ごくごく私事の用件なのだが」

そう口にした六平太が、

「こちらの道場主、戸根崎源二郎殿の姪御《めいご》、戸根崎伊奈様に関わることでして」

さらに、砕けた物言いをすると、三人の門人たちは、慌てて顔を見合わせた。

六平太は、畳にして四十畳以上はある道場の真ん中に膝を揃えている。

その正面は師範が稽古を見る見所で、その背後の板壁には神棚がしつらえられていた。

六平太の左方の木刀や竹刀が掛けられた棚の傍には、先刻、式台で出迎えた門人三人が正座して並んでいる。

そこへ、六平太より二つ三つ年上かと見える羽織袴を身に着けた髷《まげ》の男が現れると、三人の門人は畏まって頭を下げた。

「『戸根崎道場』師範、戸根崎源二郎だが、秋月殿のご用向きは姪の伊奈がこととか」

尋ねた源二郎の声は、口跡のよい響きがした。

「この年の二月、神田佐久間《さくま》町から火が出た時のことでしたが、混雑で難儀していた菊代の方様の乗り物を、狼藉者《ろうぜきもの》からお助けしたのが事の始まりでして」

そう口を開いた六平太は、その後、赤坂の屋敷にも招かれて、ある時は、乗り物の警固にも駆り出されることになった経緯《いきさつ》を大まかに述べた。

「ところが、お方様の娘御の伊奈様には、それがことのほか御不満で、それがしの腕を試さんと、四谷の道場に押しかけて、それがしとの立ち合いを申し出されました」

「なんと」

源二郎の口から意外そうな声が出た。

「我が『相良道場』も他流との立ち合いはしませんが、『相良道場』師範の相良庄三郎様が、『戸根崎道場』の師範、戸根崎様とは親しき間柄ということで、立ち合いの許しを下されましたので、受けました」

「それで？」

源二郎が、微かに身を乗り出した。

「三、四度木刀を打ち合ったのち、伊奈様の肩辺りに打ち下ろした木刀を寸止めすることが出来まして、勝負にはなんとか勝ちましたが」

と、六平太が言葉を切ると、

「なにか」

源二郎が大きく身を乗り出した。

「伊奈様は、その立ち合いに不満を抱かれたようで、過日、門人と思われる者を率いて、深川に赴いていたそれがしに襲撃を仕掛けられましてな」

「なにっ」

源二郎が鋭い声を発すると、壁際に座っていた三人の門人のうち、体格のいい眉の濃い門人と、隣りに座っていた若い男が、慌てて眼を伏せた。

「塚越《つかこし》、その方、伊奈の指示に応じた者に心当たりはあるのか」

「いえ。まったく知らぬことでございます」

年長の男は呆然《ぼうぜん》とした面持ちで答えた。

「戸根崎様、そのことはもう済んだことですから、とやかくは言いますまい。それより困るのは、その後の伊奈様の動きでして」

「伊奈の――?」

源二郎が呟くと、

「それがしの立ち回り先にも押しかけたり、人に尋ねて動きを探っておられましてね。それが続くと、知り合いなどからあらぬ疑いを受けて困りますので道場主として、また、伯父御として、伊奈様にはそれがしに関わらぬよう」

六平太がそこまで声に出した時、廊下から荒々しい足音が聞こえた。

足音の勢いのまま道場に姿を現したのは、袴姿の戸根崎伊奈だった。

すると、

「その方、神田へ行くと申して音羽を離れたそうだが、行先はここだったのかっ」

六平太の近くで仁王立ちをした。

「戸根崎様、さっき申しました付け回しとは、このことでして」

困惑の体をした六平太は、源二郎に静かに訴える。

「伊奈」

「はい」

答えた伊奈はその場に膝を揃えた。

「そなた、秋月殿を付け回しているというのは、まことか」

「はい。まことです」

伊奈は、躊躇いも見せずに返答した。

「それは何故か」

源二郎がさらに追及すると、

「立身流の兵法者と申すならば、たとえ道場の外であっても、隙を見せれば討たれるということを知らしめんがためです」

伊奈は臆《おく》することなく吠《ほ》えた。

「それをやめてくれと、こちらに頼みに来たのだが」

六平太が口にすると、伊奈は笑い声を上げ、

「そのようなことを、人様に頼むような軟弱な御仁だったのか」

「左様」

六平太は、伊奈からの非難には動ずることなく、真顔で頷いた。

「なるほど。音羽では、行き交うおなごたちとにやけた顔で言葉を交わすだけのことはある。今、改めて、お立ち合いを願いたい」

そういうと、立ち上がった伊奈は刀掛けから二本の木刀を摑んで、一本を六平太の膝元に置き、

「木刀を取りなさい」

と、己の木刀を六平太の目の前に突き付けた。

「今日は、負けるかも知れんので、どうかご勘弁を」

「勘弁ならぬ」

叫んだ伊奈が、木刀を上段に構えた。

「伊奈、それまでだ」

源二郎が声を掛けたが、伊奈は依然、構えを崩さない。

「秋月殿は、『相良道場』の相良庄三郎先生が、師範にと望むほどのお人なのだぞ。その方が敵《かな》う相手ではない」

「それは、立ち合ってみなければ分かりません」

「信じられぬなら、今、秋月殿に打ち込んでみよ」

源二郎から厳しい声が飛ぶと、伊奈は木刀を振りかぶり、打ち下ろす気迫を見せた。

だが、六平太は正面を向いたまま、身じろぎもしない。

伊奈は焦《じ》れて、機を窺うように六平太の周りを動く。

それでも動かない六平太に根負けしたのか、板張りに木刀を叩きつけた伊奈が、大股で廊下へと去って行った。


藍染川に沿って口入れ屋『もみじ庵』に向かう六平太の顔に、輝きの衰えた西日が当たっている。

『戸根崎道場』では、予期せず現れた伊奈との悶着《もんちゃく》はあったが、戸根崎源二郎との出会いは満足のいくものがあった。

「こちらにお出でになることはありますか」

帰り際、源二郎に問いかけられた六平太は、住まいが浅草元鳥越町だと告げ、しかも、仕事を貰う口入れ屋が神田岩本町にあるので、度々訪れるというと、

「近くにお出でのおりは、立ち寄って頂きたい」

とも、

「一献酌み交わしたいものです」

とも言われたので、伊奈のことは抜きにして、源二郎からの申し出をありがたく受けて『戸根崎道場』を後にしてきたのである。

藍染川に架かる弁慶橋《べんけいばし》という小橋の向かい側にある『もみじ庵』の戸は開け放たれ、戸口に下がっている色あせた暖簾を割って、

「用事が延びて、少し遅くなったな」

そう言い訳をしながら、六平太が土間に足を踏み入れた。

その途端、

「秋月さん、あぁた！」

板張りにいた忠七が、声を出すなり、帳場机に両手を突いて立ち上がった。

「なんだい」

忠七の癇癪《かんしゃく》の訳を知らない六平太は、締まりのない声を出した。

「あなた、『信濃屋』さんのご隠居様と、いったいなにがあったんですか」

忠七に問われた六平太は、駒込への付添いについて、おすげと話した内容を大まかに伝えた。

すると、忠七はその場にがっくりと座り込み、「はぁ」と深い溜息をついた。

「向こうから、付添いの返答が来たのかい」

「主の太兵衛さんが参られまして、困り切った顔で、十日の駒込への付添いはなしにするとのことでした」

「そうか。それは残念だったな」

忠七に慰めを口にして、六平太は框に腰を掛けた。

「ご隠居はね、駒込まで歩くつもりでいたんだが、おれが止めたんだ」

「そうらしいと、太兵衛さんも言っておいででした。それで秋月さん、船や駕籠で行き来するよう勧めたそうですね」

「そりゃそうだよ。気は若くても、途中、ご隠居のあの年だと、足腰にくるということもあるんだよ。若くても、道の窪《くぼ》みや石ころに躓いて足を痛めたりする女髪結いが音羽にもいるくらいだから、用心にこしたことはないんだよ」

「でもね、船代に駕籠代に、秋月さんの旅籠代まで出せなどとは、『もみじ庵』は金の亡者に成り下がったと、ご隠居様が口になすって、駒込への行き帰りは『信濃屋』さんの男衆が付き添うようです」

「ま、金をけちるなら、それしかないな」

　腰を上げた六平太は、

「それじゃ忠七さん、十日の付添いはなしということでいいね。とにかく親父《おやじ》、こっちから断った仕事ならまだしも、むこうから断りをいれられたんだから、気に病むことはないだろう」

　そういいながら戸口へ向かう。

「秋月さん。このことで『信濃屋』さんとの縁が切れたとしたら、わたしは、お恨み申しますよ」

忠七の抑揚のない声が背中で聞こえ、六平太は思わず振り向いた。

板張りに肩を落として座り込んだ忠七が、恨めしそうな上目遣いで六平太を見ている。

その眼が、日の翳《かげ》った帳場で不気味に光ったように見え、

「何があっても、気を落とすんじゃねぇよ」

慰めの言葉を吐いて、六平太は夕刻の町へと飛び出した。

第四話　髪結い女

一

眼《め》の辺りに射《さ》しこむ光を手で払いのけたと同時に目覚めて、秋月六平太《あきづきろっぺいた》は上体を起こした。

雨戸の隙間から射しこんだ日の光が障子紙を通して、板の間や敷き布団に伸びている。

「おはよう」

「今時分起きて、遅いじゃないか」

路地の方から届いた男と女の聞き覚えのある声は、大工の女房のお常《つね》と噺家《はなしか》の三治《さんじ》のやり取りだった。

目覚めたのが、『市兵衛店《いちべえだな》』の我が家であることが分かって、ウウと六平太は伸びをした。

「今日の仕事はないのかい」

汲《く》んだ水を桶《おけ》に注ぐ音がしてすぐ、そんな問いかけをしたのはお常の声だ。

「仕事はあるよ。生憎《あいにく》寄席《よせ》の仕事じゃない。御贔屓《ごひいき》の三味線《しゃみせん》の師匠とその弟子たちの蛍狩りに行くのさ」

「というと、どこへだい」

「谷中《やなか》の螢沢《ほたるさわ》だよ」

お常に答えた三治の声がするとすぐ、

「本渋ぅ、更紗《さらさ》ぁ、反故団扇《ほごうちわ》ぁ、十六文（約四百円）」

表の方から、そんな声が届き、

「おぉい団扇売り」

三治が声を張り上げる。

すると、

「へぇい、ご用で」

井戸の近くに来たらしく、陽気な団扇売りの声がした。

「おぉ、来たのかい。日中暑いから気を付けてお稼ぎ」

三治からそんな言葉を掛けられた団扇売りは、

「なんだ。買うんじゃねぇのかい」

腹立たしい声を投げかけて、荒らげた足音をさせて去って行ったようだ。

六平太は起き上がると、もう一度伸びをしてから、障子を開けて雨戸も戸袋に押し込む。

「あれ、秋月さん、まだ家にいましたね」

井戸端から、見上げたお常が声を掛けてきた。

「蛍狩りの付添いが続いて、眠くてしょうがねぇ」

「あたしは今夜が蛍狩りでして」

お常の脇に立った三治からそんな声が掛かった。

「あぁ、聞こえたよ。いま、何刻《なんどき》かね」

六平太が尋ねると、

「五つ（八時頃）の鐘が鳴ったばかりですよ」

お常からそんな声が返ってきた。

六平太は、寝乱れた寝間着を細紐《ほそひも》で締め直すと、階段を下りる。

土間に下りて下駄を履くと、明かり取り近くにぶら下げた竹の物干しに掛けていた手拭いと桶を取って路地へ出て、井戸へと急ぐ。

「おはよう」

六平太は、井戸端の棚に鍋《なべ》や桶を載せていたお常と、歯磨きをする三治に、改めて声を掛けると、二人からも挨拶が返ってきた。

井戸に釣瓶《つるべ》を落とした六平太は、すぐに汲み上げて桶に注ぎ、顔を洗う。

「すっきりするねぇ」

帯に挟んでいた手拭いを取った六平太は、天を仰いで濡《ぬ》れた顔を拭く。

端午《たんご》の節句も終わり、今日は五月の十日である。

駒込《こまごめ》への付添いを頼まれた『信濃屋《しなのや》』のご隠居から、不要との知らせが来たのが五月の一日だった。

それから九日が経《た》つ。

その間、足を痛めているおりきの手足になろうと、仕事のない日は音羽《おとわ》へも行き、付添い稼業にも精を出したせいか、それとも陽気のせいか、毎日が眠い。

昨日は、音羽から毘沙門《びしゃもん》の甚五郎《じんごろう》の使いで若い衆が『市兵衛店』に来て、足を痛めたおりきの加減は大分よいが、道具箱を提げての髪結いには出かけていないとの知らせを受けた。

「秋月さん、朝餉《あさげ》はどうするんです」

「御蔵前《おくらまえ》に行けば、飯屋は何軒もあるからさ」

六平太が三治の問いかけに答えると、

「なんなら、貝谷《かいたに》さんとこの小四郎《こしろう》さんに作った結び飯の残りがあるけど、どうだい？」

お常から、ありがたい声が掛かった。

「いただくよ」

六平太が即答すると、

「あたしも是非」

三治は両手を合わせて、お常を拝んだ。

土間の近くに置かれた皿には大振りの結び飯が二つ載っており、框《かまち》に並んで腰かけた六平太と三治は、さっきからその結び飯を口に入れていた。

ありがたいことに、昨夜の残りという若布《わかめ》と胡瓜《きゅうり》の酢の物、今朝の残りの目刺しもあって、思いもよらない朝餉となっていた。

土瓶の茶の葉を取り換えたお常が、新たに淹《い》れた茶を、六平太と三治の湯呑《ゆのみ》に注《つ》いでくれる。

「しかしなんだ、朝から旨《うま》い飯を食わせてもらえる留《とめ》はんは幸せ者だよ」

三治が口に頬張ったまま喋《しゃべ》ると、

「褒《ほ》めるんだったら、ちゃんと分かるようにお言いよ」

「ふいまへん」

謝った三治が、口の中のものを茶と共に呑《の》み込んだ。

その時、子供の足が二つ、路地を駆けて行く音がして、

「おじちゃんはいないよ」

聞き覚えのあるおきみの声が届いた。

お常が、すかさず路地に出て、

「おきみちゃん、勝太郎《かったろう》ちゃん、伯父さんはここだよぉ」

声を掛けると、二人の子供が土間に飛び込み、続いて風呂敷包みを抱えた佐和《さわ》が顔を突き入れた。

「あ、どうも」

三治が、手にした結び飯を佐和に突き出すと、

「今朝は、あたしも秋月さんも寝覚めが遅く、お常さんから朝餉を頂いておりました」

「ま、こんなことはお互い様だから」

お常はそういうと、笑って片手を打ち振り、

「佐和ちゃんたちは、こっちへ用だったのかい」

勝太郎の頭をなでながら問いかけた。

「それがね、うちの人が昨日、火事場に駆け付けた帰り、今戸《いまど》の通りで荷車とぶつかって腰を痛めてしまったんですよ。怪我《けが》は大したことなかったけど、立ったり座ったりに難儀してるもんだから」

佐和はそこまでいうと、六平太に顔を向け、

「おきみと勝太郎に手が回らないから、二人をしばらく兄さんに預かってほしくて連れて来たのよ」

「それはいいが、おれは仕事に出ることもあるぜ」

六平太が困ったような物言いをすると、

「伯父ちゃんが仕事に出れば、家の掃除がかえってしやすくなるから助かるよ」

おきみは、どうだと言わんばかりに、六平太に笑いかけた。

「ま、ここにはわたしもいるし、心配ないよ、佐和ちゃん」

「ありがとう」

佐和はお常にそういうと、

「これ、おじちゃんに」

抱えていた風呂敷包みをおきみに手渡して、

「子供たちの寝間着と着替えが入ってますから」

「おお」

声に出した六平太が、おきみから受け取った。

「時々は、『ち』組の若い衆をここに向かわせるから、何かあれば言いつけてくださ い」

「分かった」

六平太が頷《うなず》いて請け合った。

佐和が口にした『ち』組というのは、亭主の音吉《おときち》が纏持《まといも》ちを務める、浅草《あさくさ》十番組の町火消しのことである。

「それじゃ」

そう言って戸口から離れかけた佐和が、ふと足を止め、

「子供たちがお世話になりますって、家主の市兵衛《いちべえ》さんと大家の孫七《まごしち》さんに挨拶して行くわ」

「孫七さんはさっき出て行ったよ。四、五日前から市兵衛さんが熱出して、寝たり起きたりしてるもんだから、時々福井《ふくい》町に様子見に行ってるんだよ」

お常が口にしたことが初耳だった六平太は、

「そしたらおれも、顔を出してくるか」

呟《つぶや》くと、小さくなった結び飯を口に入れた。

浅草福井町は、浅草御蔵前から神田川《かんだがわ》の方へ数町ばかり行った右側にある。

市兵衛の家は、浅草橋《あさくさばし》と浅草を繋《つな》ぐ往還から奥へ入った裏通りの一角にあって、庭の柿《かき》の木は季節になると実をつける。

佐和は浅草聖天《しょうでん》町に帰る道すがら、六平太と二人の子と共に市兵衛の家に立ち寄っていた。

庭に面した寝間に敷いた布団で胡坐《あぐら》をかいている市兵衛は、六平太と佐和が腰掛けた縁に上がっているおきみと勝太郎に目を細めており、その近くに孫七が控えていた。

そこへ、奥から現れた女房のおこうが、縁の近くに茶菓の載ったお盆を置くと、

「おきみちゃんたちはお菓子で、佐和ちゃんと秋月さんには、お茶」

茶を六平太と佐和の脇に置いた。

「いただきます」

佐和が頭を下げると、

「二人がいれば、長屋はしばらく賑《にぎ》やかになるねぇ」

市兵衛が眼を細めて口にした。

「二人とも、ここを我が家と思って遊びに来ていいからね」

おこうに言われた二人の子供は、

「はぁい」

期せずして声を揃《そろ》えると、お盆の菓子に手を伸ばして、口に入れた。

「旦那様の具合も、おきみちゃんたちのお陰でかえって良くなるかもしれないねぇ」

孫七がそういうと、

「うん。子供は生きる力を備えているから、それを分けてくれるんだよ」

市兵衛は、菓子を食べるおきみと勝太郎の様子を笑顔で見ている。

「美味《おい》しい」

頬張ったおきみが声を上げる。

「昨日見舞いに来た倅《せがれ》夫婦が置いて行った求肥餅《ぎゆうひもち》だよ」

市兵衛がそういうと、

「あ。富太郎《とみたろう》さんご夫婦がいらしたんですか」

佐和が大きく頷いた。

六平太は、市兵衛の息子夫婦に会うことはなかなかないが、名だけは知っている。

隠居した市兵衛から日本橋《にほんばし》の茶舗を受け継ぎ、堅調な商いをしていると耳にしていた。

市兵衛が隠居するまでその茶舗の番頭を務めていたのが、孫七だった。

市兵衛の隠居と共に番頭を退いた孫七は、『市兵衛店』の大家になった今でも、当時の主従関係を崩さず、旦那様と呼んでいるのである。

市兵衛の家の庭に、雨が降っている。

佐和の子供二人を六平太が預かることになった翌日は、明け方から雨になり、四つ（十時頃）になっても止《や》む気配はない。

縁側の部屋に敷いた布団に横になった市兵衛は眼を開けたまま、横で、詰碁をする六平太に時々目を向けている。

少し隙間を空けた障子の外の縁では、雨で仕事に出られなくなった留吉《とめきち》と熊八《くまはち》が、『東海道中膝栗毛《とうかいどうちゅうひざくりげ》』を交代で、勝太郎に読んでやっている声が部屋の中に届いていた。

六平太は、たどたどしく読む二人の声が気になって、なかなか詰碁に集中できないでいる。

奥の部屋からは、おこうに教わりながらおきみが縫物をしているらしく、二人の笑い声が洩《も》れてくる。

「しかし、子供は見ぬ間に大きくなるなぁ」

市兵衛は、昨日から眼にしている勝太郎とおきみの様子を見て、そんな思いを口にしたようだ。

すると、六平太はふと、

「市兵衛さん、覚えておいでかね。十六年も前のことだが」

縁側の熊八と留吉を憚《はばか》って、小声で尋ねた。

そして、

「板橋《いたばし》の女に産ませた子がいたこと」

ということも口にした。

天井に眼を遣《や》って大きく息を吐いた市兵衛は、

「あぁ、覚えているとも」

小声で応えて、小さく頷いた。

六平太はその時分、男子を生んだ女の家には寄り付きもしなかった。

従って、その子が三つか四つの時に母親が病で死んだということも、後になって知ったのだ。

本来なら六平太が引き取って育てなければならなかったが、浪人になって間もないころで稼ぎもなく、子を育てる要領も知らなかった。

後添いとして秋月家に入った義母と連れ子の佐和には不義理をして、子供を託すことなど頼むことも出来なかった。

思案した末に、音羽の知り合いの伝手《つて》で、八王子《はちおうじ》の養蚕《ようさん》農家の、子のない夫婦に里子に出すことにしたのである。

「その子が、たしか、穏蔵《おんぞう》」

天井を向いている市兵衛の口から、その名が出た。

「その時、市兵衛さんから三十両を借りたんですよ。穏蔵を引き受けてくれた夫婦者に渡す金をね」

「うん。聞いた」

市兵衛は、低い声とともに頷いた。

「その時の穏蔵が、近々、音羽の小間物屋の娘と、仮祝言を挙げますよ」

六平太のその声に、市兵衛がゆっくりと顔を向けた。

「ゆくゆくは、『寿屋《ことぶきや》』というお店を継ぐことになる運びだそうです」

「その祝言には、出るのかい」

「出ますがね、父親としてじゃありません。子の行く末を託された、穏蔵の父親の知りあいという体《てい》でして」

「この先、親子の名乗りはしないのかい」

市兵衛の問いかけは穏やかだったが、その裏には〈親だと言ってやれ〉という響きも感じられた。

「ですが、今更ね」

苦笑いをして誤魔化《ごまか》した六平太は、白い碁石を碁盤に置いた。

二

神田岩本町界隈《かんだいわもとちょうかいわい》の道はまだ濡れているが、水たまりはなかった。

雨の日に市兵衛の家に行ってから、二日が経った午前である。

六平太は、草履《ぞうり》が泥を撥《は》ねるのを用心しながら口入れ屋『もみじ庵《あん》』の表に近づくと、開いた戸口から土間に足を踏み入れた。

すると、出て行く支度をしていた顔なじみの千造《せんぞう》から、

「秋月さん、久しぶりです」

そんな声が掛かった。

土間には、千造のほかに、武家の挟《はさ》み箱持ちの装《な》りをした藤松《ふじまつ》や、褌《ふんどし》の上から丈の短い法被《はっぴ》を着ただけの佐平《さへい》と末吉《すえきち》もいた。

「藤松はどこだ」

「若松町《わかまつ》の大島《おおしま》様のお屋敷でして」

そんな返事があると、佐平と末吉からは、「あっしらは霊岸島《れいがんじま》で船荷の荷揚げですよ」という声が上がった。

「おいおい、そんなところで喋ってないで、仕事にお行き」

帳場についていた忠七《ちゆうしち》から声が掛かると、

「行って来やす」

男たちは口々に声を上げて、表へと出て行った。

「親父《おやじ》、何か仕事はないかね」

框に腰を掛けた六平太が、声を掛けた途端、

「芝居の付添いならひとつふたつ、ございますが」

忠七が窺《うかが》うような様子で返事をし、

「秋月さんなら、芝居の付添いなど手慣れたものでございましょう？　途中、芝居を見なくても、終演の幕が下りるまで芝居茶屋でごろごろと寝ていればいいんですから」

「だがね親父、うちには子供がいるんだよ」

「え」

六平太の言葉に、忠七が目を丸くした。

「妹の子供を二人預かってるんで、長く家を空けるわけにもいかなくてさぁ」

「なるほど。となると、昼間、あっという間に済むような付添いがよろしいですな」

忠七はそう言いながら、帳場格子に下げた帳面を取って、机で開く。

「ごめんなさいよ」

声を掛けながら、表から入ってきたのは、白い単衣に黒の絽《ろ》の羽織を着た『信濃屋』の太兵衛《たへえ》だった。

「あ、これは秋月様、おいででしたか」

太兵衛はにこやかに近づくと、丁寧に腰を折った。

「太兵衛さん、わたしどもになにか御用でしたかな」

忠七が揉《も》み手をすると、

「いえね、近くの知り合いのところに来たもんだから、うちの隠居が祝言のある駒込に行った顛末《てんまつ》をお知らせしようかと立ち寄らせてもらったのですが、秋月様もいらしたとは、なんとも奇遇なことで」

神妙な顔つきで事情を明かした太兵衛の顔には、笑いをこらえているような強張《こわば》りが窺えた。

「顛末というと、何かございましたか」

忠七が小声で身を乗り出すと、太兵衛は眉間に皺を寄せて、大きく頷いた。

「なにか、追剝《おいはぎ》にでも遭ったのかい」

六平太が茶々を入れると、太兵衛は首を横に振り、

「祝言のあった十日の駒込行きには、隠居にうちの若い者を二人付けました。ところ

が、本郷《ほんごう》の水戸《みと》様のお屋敷前にある駒込追分《こまごめおいわけ》で、まっすぐに行かなければならない道を、左へと向かったのです」

「というと、丸山新道《まるやましんみち》だな」

太兵衛が口にした通りは、付添いで何度も行き来した六平太には眼を瞑《つぶ》っていてもよく分かる。

「丸山新道を行っても、白山《はくさん》坂上の高札場の先の分岐で指谷《さすがや》新道に向かえば、駒込追分から延びてる日光御成道《にっこうおなりみち》へ繋がるはずだが」

六平太が呟《つぶや》くと、

「ところが、付けた若い者が、白山坂の高札場で右へ曲がらず、大きな道へと進んだのです」

「太兵衛さんそれは、中山道《なかせんどう》ですよ」

六平太が掠《かす》れた声を出した。

「隠居一行がそうだと気づいたのは、巣鴨御駕籠《すがもおかご》町の辺りだというじゃありませんか。辺りは武家屋敷ばかりで門口を叩《たた》くわけにもいかず、街道にあった辻《つじ》番所で駒込への道を聞くと、武家地を東へひたすら進んで、ぶつかったところを右へ行けば、日光御成道に面した吉祥寺《きちじょうじ》門前に出ると教えられ、やっとのことで行先へ辿《たど》り着いたのですが、おっ母《か》さん、いや隠居は武家地の道で石に躓《つまず》いて、足を痛めてしまったのですよ」

太兵衛はそこで一息入れた。

祝言に列席したおすげは、その夜は近くの旅籠《はたご》に泊まったのだが、その翌日は足の痛みで満足に歩くことは出来ず、もう一日旅籠に逗留《とうりゅう》したという。

おすげが日本橋に帰ったのは、翌々日の午後だった。

駒込に迎えに行った『信濃屋』出入りの鳶《とび》の若い者二人に付き添われて、おすげは四手駕籠《よつでかご》に乗って戻ってきたのである。

「わたしは何も、隠居に向かってざまぁ見ろとは言いませんが、秋月様の進言を素直に聞いて、船や駕籠で行っていたら、痛い目に遭うことはなかったのではと思いましてね。とはいえ秋月様、隠居のことはお怒りにならず、この後もひとつよろしくお願い申し上げます」

太兵衛は、六平太に腰を折ると、

「わたしが話したということは、うちの隠居には何とぞ御内密に」

忠七と六平太に頭を下げて、いそいそと表へと出て行った。

芝居の付添いの仕事を断った六平太は、『もみじ庵』を出ると、その足を『市兵衛店』へと向けていた。

正午の鐘が鳴るまであと半刻《はんとき》（約一時間）ばかりという頃おいである。

鳥越明神《とりごえみょうじん》の脇から小道に入り、『市兵衛店』の木戸を潜《くぐ》ると、

「お帰り」

井戸端の物干し場で、洗濯物の乾き具合を見ていたお常から声が掛かった。

「仕事口はなかったよ」

「そりゃ惜しいことだけど、秋月さんとこは人手が集まって羨ましいよ。掃除に洗濯に買い物までさぁ」

そう口にしたお常が、

「秋月さんがお帰りですよぉ」

六平太の背後から声を張り上げた。

振り向いた六平太の前に、路地の一番奥にある六平太の家の戸口から、襷掛《たすきが》けのおりきが、そろりと姿を現し、

「案外早いお帰りで」

笑みを浮かべた。

「どういうことだい」

「足が大分いいようだから、押し掛けて来ましたよ」

「しかし、またなんで」

六平太が訝《いぶか》ると、

「貝谷さんのところの小四郎さんが、昨日、学問所からの帰りに音羽の御父上のところに泊まりに見えたんですよ」

話を続けたおりきによれば、その日、居酒屋『吾作《ごさく》』で夕餉を摂《と》った重兵衛《じゅうべえ》と小四郎父子の話が、お運びのお国《くに》の耳に入り、それが亭主の菊次《きくじ》に届いたという。

その話というのは、浅草の妹の子供二人を六平太が預かることになったという一件だった。

「それでまぁ、足を動かしがてら何かのお役に立てればと、馳《は》せ参じたわけですよ」

おりきが笑ってそういうと、

「足を痛めてたというのに、わざわざ音羽からなんて、秋月さんは果報者ですよ」

お常がそう言って軽く六平太の背中を叩いた。

「ただいまぁ」

叫びながら表の方から駆け込んできたのは、勝太郎である。

「お帰り」

おりきとお常が、口々に声を上げると、その後から、ひとつの買い物籠《かご》の取っ手を二人で持ったおきみと穏蔵が姿を見せた。

「あ、これはどうも、お帰りなさい」

少しうろたえた稔蔵が軽く頭を下げると、

「これは」

六平太も少し慌てて、後の言葉を失った。

「穏蔵さんもおきみちゃんも、籠を家に運んで頂戴《ちょうだい》な」

おりきが穏やかに促すと、

「わたしが」

声を出したおきみは、買い物籠を穏蔵の手から受け取ると、勝太郎を従えて六平太の家の中に運び入れた。

「ここじゃなんですから、穏蔵さんまで連れてきた顚末は、家の中でお聞かせしますよ」

そう言って、おりきは先に立って六平太の家の中に入って行く。

その後に六平太が続き、最後に穏蔵が土間を上がった。

六平太は、長火鉢を前にいつもの場所に腰を下ろすと、その向かいにおりきが横座りをし、その後ろに穏蔵が遠慮気味に膝を揃えた。

そんな大人たちには頓着《とんちゃく》することなく、おきみと勝太郎は、籠に入っていた青物や根菜、豆腐などを取り出して板の間に並べ始めている。

「あれですよ。元鳥越《もととりごえ》町の六平さんが、佐和さんのお子二人を預かることになったたから、わたしが手伝いに行くと言ったことが、『吾作』の菊次さんから洩れて、『寿屋』の八郎兵衛《はちろべえ》さんに伝わったんですよ。ね」

おりきから話を振られた穏蔵は、軽く頷くと、

「足を痛めたおりきさんが秋月様の手伝いに行くと仰る《おつしや》のだから、そのおりきさんについて行き、お役に立ちなさいと、主の八郎兵衛から申し付かったのです」

俯き《うつむ》がちに口を開いた穏蔵は、小さく頭を下げた。

「そうしたら、毘沙門の親方にまでその話が伝わって、甚五郎親方が関口《せきぐち》の家にまでやって来て、秋月さんとお子達に旨いものをと、買い物のお金まで頂いて来たんですよ」

そう明かしたおりきは、

「それが、あの、醤油壺《しようゆつぼ》や味噌《みそ》なんかのお代にもなったんですよ」

おきみと勝太郎が板の間に並べた青物などの食材や陶器の壺などを指さした。

「そういうことか」

呟いた六平太は、大きく息を吐いた。

「みんな、佐和さんのお子達を預かった六平さんのことを案じてるんですよ」

おりきの言葉に、六平太は素直に頷く。

そして、

「おりきも穏蔵も、ありがとうよ。だが、こっちはもういいから、お前たちは音羽に戻ってくれ」

おりきと穏蔵に眼を向けて、〈いうことを聞け〉とでもいうように、小さく何度も頷いて見せた。

「穏蔵さんたち、もう帰ってしまうの？」

突然、おきみから驚きの声が上がった。

「けどなぁ、こっちにずっといるってわけにはいかないんだよ」

六平太が穏やかに諭すと、それに同調するように、穏蔵がおきみや勝太郎にうんうんと頷いて見せた。

「どっちにしろ、みんなで昼餉を摂ってからのことだよ」

六平太の声に、おきみと勝太郎から歓声が上がり、

「蕎麦《そば》がいいっ」

さらに大きな声を上げた勝太郎が、板の間に仁王立ちした。

寿松院《じゅしょういん》門前にある蕎麦屋は、元鳥越町の『市兵衛店』の近くにあった。

六平太とおりき、それに穏蔵とおきみたちとの昼餉は、勝太郎が望んだとおり、蕎麦になった。

蕎麦を食べ終わって店を出たところで、少し前から届いていた鐘の音は、鳴りやんだ。

打たれた鐘の数は勘定していなかったが、みんなの腹が空《す》いていたことから、九つ（正午頃）を知らせる時の鐘に違いはなかった。

その鐘が、浅草から届いたものか上野《うえの》からかは、定かではない。

風向きによっては、日本橋本石町《にほんばしほんごく》の時の鐘が聞こえることもあるのだ。

蕎麦屋から出た一同は鳥越明神の方に向かうと、

「それでは、わたしは」

穏蔵が、『市兵衛店』に向かう道の入り口で足を止めた。

「ここから三味線堀《しゃみせんぼり》を抜けて、湯島《ゆしま》に行く道は分かるんだな」

六平太が問うと、

「はい。先月こちらに来た時、小四郎さんに、この道からの戻り方は聞いていましたから」

穏蔵はそう答えて、頷いた。

「それじゃ穏蔵さん、音羽の人には、わたしは足の様子を見てから戻ると言っておいてください」

「今日一日様子を見て、痛みがぶり返さなきゃ、明日には帰すから」

六平太も言い添えると、

「分かりました」

穏蔵は一同に辞儀をして、踵《きびす》を返した。

小四郎から聞いたという道筋は、三味線堀から上野広小路へ出て、本郷の台地に上がってから小石川《こいしかわ》へと進むものと思われる。

穏蔵の姿が、旗本の松浦《まつら》家屋敷の前から消えるまで見送ると、六平太たち一同は鳥越明神脇の道へと足を向けた。

すると、『市兵衛店』の方からやってきた孫七とばったりと出くわした。

「大家さん、お出かけかね」

六平太が尋ねると、

「えぇ、ちょっと旦那様のところへね」

孫七が浮かぬ顔で返事をした。

「何かあったのかい」

「旦那様の掛かりつけの医者がさっき立ち寄りまして、熱があったので薬を届けて来たというもんですから」

孫七は、不安げな物言いをした。

「じゃ、おれも行こうか」

「いえ。周りで騒ぎ立てると、旦那様が気になさいます」

「うん。そりゃそうだな」

「それじゃ、戻りましたら、向こうの様子をお知らせしますので」

そういうと、孫七は浅草御蔵の方へと歩み出した。

孫七を見送って、六平太の家に戻った一同が土間を上がると、

「湯を沸かしてお茶にしますか。それとも水ですか」

問いかけたおりきに、

「水でいいよ」

六平太はそう返答して長火鉢を前にして腰を下ろした。

すると、おきみが、

「伯父ちゃん、あたし、眠い」

と、口にすると、

「おいらも」

言った途端、勝太郎はその場にごろりと横になった。

「待て待て。二階に布団敷くから。そこで寝ろ」

腰を上げた六平太が勝太郎を抱えて階段を上がると、その後ろにおきみが続いた。

勝太郎を一旦板張りに置くと、押し入れから敷布団を二枚出して敷き、夏蒲団《なつぶとん》も出

した。

「わたしこっち」

おきみが一方の布団に寝転ぶと、六平太は抱えた勝太郎を隣りの布団に寝かせて、夏蒲団を掛けた。

「ふう」

小さく息を吐いて、六平太が階下へと降りると、おりきが土間に置いた七輪で火を熾《おこ》していた。

「沸かすのか」

「なんだか、熱いお茶が飲みたくなったから」

火の点《つ》いた木っ端の上に炭を載せたおりきは、そこへ水を入れた鉄鍋を置く。

すると、すぐに土間を上がって、長火鉢近くの茶簞笥《ちゃだんす》から茶筒を出すと急須《きゅうす》に葉を入れる。

その動きを眼で追っていた六平太に気付いたおりきが、

「なにを見てんですよ」

不審の眼を向けた。

「いや、案外てきぱきとした動きをするもんだなぁと思ってよ」

六平太がそんな言葉を洩らすと、おりきは小さく「ふん」と笑った。

その時、

「秋月さんは、おいでか」

開けっ放しの戸口に立って声を掛けたのは、矢島新九郎《やじましんくろう》だった。

そう言いながら土間に足を踏み入れた新九郎がおりきに気付き、

「いや、実は」

「こりゃ、おりきさんもおいででしたか」

おりきに、軽く会釈をした新九郎が戸口の外に向かって、「中にお入り」と声を掛けると、穏蔵が悄然《しょうぜん》として土間に入った。

「穏蔵さん」

真っ先に名を呼んだのはおりきだった。

「この裏手の三味線堀の高橋《たかばし》のところで、侍二人に摑《つか》みかかられていたこの若い衆を助けたんだが、『市兵衛店』から音羽に戻るところだったというので、住人の秋月さんを知ってるかと聞くと、その秋月さんのところに来た帰りだというじゃありませんか。それで、こうしてこちらに」

「その二人の侍ってのは、穏蔵さんから金でもせびろうとしたのかい」

おりきが目を吊《つ》り上げて尋ねると、

「いいえ」

と穏蔵は答え、

「橋の袂《たもと》ですれ違った侍の一人が立ち止まって、連れの年かさの侍に言ったんです。以前、貝谷重兵衛の小倅と立ち話をしていたお店者《たなもの》ですよって」

すると、駆けよってきた年かさの侍に胸倉《むなぐら》を摑まれ、「貝谷重兵衛とその倅の居所を教えろ」と言われ、若い侍には腕を捻《ひね》られたと、穏蔵は声を掠れさせた。

「そこへ通りかかったわたしが身分を明かして事情を聞こうとすると、侍二人は舌打ちをして駆け去っていったんですがね」

顚末を話した新九郎が、首を傾《かし》げると、

「矢島さん、わけが込み入っていて今は話せませんが、事情はいずれお伝えしますので、今日のところはご勘弁を」

「それは構いません。では、そのうち道場ででも」

なんの屈託もなく返答した新九郎は、片手を軽く挙げて表へと出て行った。

「おりき、おれは穏蔵を送りがてら音羽に行ってくるから、上の二人を頼むぞ」

六平太が階上を指さすと、おりきは大きく頷いた。

三

護国寺《ごこくじ》門前一帯は、西日を受けている。

まもなく七つ（四時頃）という時分だから、暮れるにはまだ早い。

とはいえ、音羽の西方には関口の台地が南北に延びており、他所《よそ》よりも早く日は沈むので、参道一帯も同じ刻限に翳《かげ》り始める。

ほんの少し前に音羽に着いた六平太は、音羽五丁目にある小間物屋『寿屋』に戻る穏蔵と別れて、その足を重兵衛が借りている六丁目裏の『八郎兵衛店《はちろべえだな》』に向けた。

『八郎兵衛店』に重兵衛は居らず、家で論語《ろんご》の素読に励んでいた小四郎から、仕事に出かけている父親が、この日は、護国寺境内の西方にある西国三十三霊場の札所《ふだしょ》の参詣道で辻八卦《つじはっけ》の台を置かせてもらっていると教えられた。

護国寺の境内の隅々まで知っている六平太が、仁王門から入った先にある大師堂《たいしどう》を左へ折れて霊場への参詣道へと下ると、土産物などを売っている葦簀《よしず》掛けの店や茣蓙《ござ》に品物を広げた露店があった。

そんな店に挟まれるようにして、白布を掛けた二尺二、三寸（約六十六から六十九センチ）ほどの台に着いた辻八卦見の重兵衛が、参詣者の往来をぼんやりと眺めていた。

「お、これは秋月さん」

台の前に立った六平太を見て、重兵衛が顔を上げた。

「少し込み入った話があるんだが、ここを少し離れられませんかね」

六平太がそう申し出ると、

「分かりました」

腰を上げた重兵衛は、隣りで札所回りの杖《つえ》や菅笠《すげがさ》を売る露店の親父に声を掛けて、
六平太を木立の中へと誘った。

ほんのわずかな場所に、休憩用の縁台が二つ置いてあり、

「そこへ」

先に六平太に掛けさせてから、重兵衛も並んで腰を掛けた。

「早速だが」

口を開いた六平太は、『市兵衛店』に来ていた穏蔵が、音羽へ帰る途中、二人の侍に捕まって重兵衛父子の行方を問われたことを明かした。

重兵衛は、途端に顔を強張らせた。

六平太が穏蔵から聞いた侍二人の人相風体を伝えると、

「三十前の若い侍というのは、以前、熊八さんが関わったことのある、中林辰造《なかばやしたつぞう》で

しょう。もう一人が、三十七、八ということですから、おそらくそれが、妹を離縁した川俣文蔵《かわまたふみぞう》かと」

重兵衛は、冷静に述べた。

「貝谷さん、このままだと、『市兵衛店』近辺にも奴らは探りを入れて来ますよ」

六平太の言葉に、重兵衛は黙って頷き、

「わたしは、どう対処すればよかろうか」

六平太に体を向けた。

「改めて聞きますが、貝谷さんは、小四郎さんを川俣家に渡すつもりはないのですね」

「左様。渡しません」

「ならば、川俣らに、これ以上貝谷さん父子に付きまとうことをやめるよう、楔《くさび》を打つしかありませんが、その覚悟がおありなら、この秋月、手を貸しますよ」

「しかし、楔というと」

重兵衛は不安げな眼をした。

「まぁ、わたしに任せてください。武家を脅すのは、初めてじゃありませんから」

そういうと、六平太は微《かす》かに笑みを浮かべた。

夜が明けた馬喰《ばくろ》町界隈は、うっすらと朝靄《あさもや》が這《は》っている。

日本橋本石町の時の鐘が、三つの捨て鐘の後、正刻を衝《つ》き始めてから五つ目が鳴り終えたところである。

両国橋西広小路《りょうごくばしにしひろこうじ》の奥の、浅草御門近くには郡代《ぐんだい》屋敷とも呼ばれる馬喰町御用屋敷があり、その屋敷に接するように、初音《はつね》の馬場《ばば》があった。

その馬場の西の端に、六平太と重兵衛、それに新九郎が立っていた。

六平太が音羽の重兵衛を訪ねてから三日が経った、五月十六日の朝である。

三日前の話し合いで決まったのは、川俣文蔵と外で会い、小四郎を家の養子にと目論《もくろ》む相手に断固として拒む姿勢を突き付けることだった。

その夜、元鳥越町にとんぼ返りした六平太は、翌十四日の朝、烏森《からすもり》藩大久保《おおくぼ》家の江戸中屋敷を訪れて、重兵衛の名で記した『二日後の十六日の七つ刻、馬喰町の初音の馬場でお目にかかりたい』という内容の文を、直《じか》に川俣文蔵に届けていたのである。

川俣文蔵から了解を得た六平太は、その日、その返答をおりきに託して音羽へと帰したのだった。

七つを知らせる時の鐘が打ち終わってすぐ、初音の馬場に三つの人影が入り込んだ。

真ん中には六平太も顔を合わせた川俣文蔵がおり、その左にいる、三人の中では一番年若の侍は、名を聞いたことのある中林辰造と思われる。

もう一人は固太りの体軀《たいく》だが、以前、浅草御蔵前近くの幽霊橋で見かけた野太い声をして編み笠《あがさ》を付けていた、堂上《どうがみ》という男だろう。

「貝谷重兵衛、おぬし一人ではないのか」

一間（約一・八メートル）ばかりの間を取って足を止めた川俣文蔵が、怒声を発した。

「二日前、文を届けた際に名乗った、秋月六平太だが、お前が三味線堀で胸倉を摑んだ若いお店者は、おれの縁者だったんだ。そんな仔細《しさい》もあったから、付き添うことにしたのよ」

妙な理屈を並べたが、相手からは何の異議もなかった。

「それがしは、そちら様が秋月殿の縁者に手荒な真似をしていた三味線堀を通りかかって留め立てした北町奉行所同心、矢島新九郎」

新九郎が名乗ると、文蔵たち三人に緊張が走ったが、

「町方が武家の諍《いさか》いに首を突っ込むことはなるまい」

堂上が野太い声を発すると、

「確かに、お武家を取り調べることなど出来ぬし、万一町中で刃傷沙汰《にんじょうざた》になっても手出しは出来ないものの、町廻《まちまわ》りの途上で見たことはお奉行に報告せねばならぬゆえ、

検分させていただきたい」

新九郎がもっともらしいことを口にすると、文蔵ら三人は、不服そうな顔をしたものの、抗《あらが》う気配はなかった。

「まずは川俣殿、小四郎をつけ狙ったわけを話して頂こうか」

六平太が話し合いの口火を切った。

「貝谷殿が我が子として引き取っておいでの小四郎は、かつての我が妻が、離縁した直後に生んだ男児と聞いている。年も十六と聞いておる故、このわしの子に違いない。なんとしても、我が川俣家がもらい受けたいのだ」

文蔵は迷うことなく、理路整然と述べた。

「だが、何故、貝谷殿に相談もなく、一子小四郎を付け狙い、まるでかどわかしの如《ごと》きふるまいをなさろうとしたのか」

六平太のその問いかけに、文蔵は言葉を失い、唇を噛《か》んだ。

すると、

「川俣家の家督を継いだ文蔵様には、お家を継ぐべき男児がおられぬのだっ」

文蔵の胸中を代弁するように、堂上が野太い声で訴えると、

「跡継ぎがなくば、川俣の家の存続がならぬ。だが、鳥森藩大久保家の禄《ろく》を離れた貝谷家なら、家名が断絶してもどうということはあるまい。跡継ぎが要るということも

ない。ならば、父親であるわしが引き取るのが筋というものではないか」

「なにっ」

文蔵のあまりの物言いに、重兵衛の口から怒声が飛び出した。

「貝谷殿は、小四郎が十六になるまで立派に育てたではないか。妹御の忘れ形見と思えばこそなんだぜ」

六平太も文蔵を諫《いさ》めた。

「妹が生んだ子とは言え、おれの種だ。そんな小四郎をおぬしは慈しみを持って育て、見守れるのかっ」

「小四郎の父は、おぬしではないっ！」

重兵衛の口から絞り出すような声が噴き出た。

そしてさらに、

「妹早苗《さなえ》が、不義を承知の上で身ごもった片島平吾《かたじまへいご》の子だ。小四郎を生んでふた月後、妹はそう打ち明けて、死んだのだっ」

そんな言葉が発せられると、文蔵の顔が引きつった。

「早苗の不義の相手片島平吾は、おぬしが手討ちにしたのではないか。そんな男の遺児である小四郎を、川俣に託せるのかっ。実の父を手討ちにしたのが川俣文蔵だと知った時、おぬしは小四郎になんというのか。それでもなお、小四郎を奪い取るのかっ」

重兵衛の言葉に、文蔵の体がガクリと揺れて、その場に膝を突いた。

傍《そば》にいた堂上と中林は、凍り付いたように動けない。

「詳しいことは知らぬが、この間から貝谷殿や秋月殿の話を聞いていると、そちら様は、貝谷小四郎殿のかどわかしを図っておられたようですな」

静かに口を開いたのは新九郎だった。

文蔵は両足を踏ん張って辛《かろ》うじて立っていたが、傍にいた堂上左門《さもん》と中林辰造は、新九郎の話に顔を強張らせた。

「矢島殿に尋ねるが、武家がかどわかしを図ったとなると、こういう場合、町方はどう出るんです」

六平太が世間話のように問いかけると、

「我ら町方に、お武家を取り調べたり、ましてや縄を掛けることなどできません」

新九郎はそう応じる。

そして、

「ただ、これ以上、貝谷殿や小四郎殿に近づけば、かどわかしを図っての行いと見られるやもしれぬ。それが表沙汰にでもなれば、大目付あたりから大久保家に何らかの御下問があるということにも――」

新九郎の物言いは依然のんびりとして、最後の言葉は濁した。

「なるほどね」

六平太は、新九郎の話に応じて呟くと、文蔵や連れの二人に目を転じた。

「川俣殿、この後は、後添えを迎えるか、諦めずに養子をお探しなされ」

六平太の言葉に、膝を突いていた文蔵は、深々と項垂《うなだ》れた。

その時、薄雲の隙間から馬場に日が射した。

「さて、引き揚げるとするか」

六平太が独り言を洩らして歩み出すと、新九郎と重兵衛もその後に続いて、馬場を後にした。

四

居酒屋『吾作』の土間の奥の卓には、煮物や焼き魚、卵料理のほかに赤飯などが、幾つかの大皿に盛られて置いてある。

六平太や甚五郎、おりきが店に入ると定席にしている卓である。

この夜、その卓には六平太をはじめ、おりき、甚五郎、菊次、お国が着いて、先刻から酒宴が開かれていた。

五月二十日のこの日、五丁目の小間物屋『寿屋』の座敷で、手代の穏蔵と『寿屋』の娘、美鈴《みすず》の仮祝言が執り行われ、お国を除く四人が祝言の席に並んだのだ。

穏蔵と美鈴の仮祝言の席には、六平太たちの他に、美鈴の親の八郎兵衛夫婦、主だった親類、それに音羽で町役人を務めるお歴々、音羽六番組『う』組の鳶頭《とびがしら》などが顔を揃えた。

新郎新婦の盃事《さかずきごと》の時は、甚五郎が『高砂《たかさご》』を謡った。

それからは場も砕け、賑やかに盛り上がったが、およそ一刻（約二時間）ほどで宴《うたげ》はお開きとなった。

『寿屋』を出た六平太ら四人は、折詰の弁当の残りを手にして、音羽七丁目の『吾作』に流れたのである。

いつも、『吾作』の戸口に下がっている提灯《ちょうちん》が、この夜はなかった。

普段は四つ近くまで店の明かりが戸口の障子に映っているのだが、今日はその明かりが薄暗かった。

戸を開けて店内に入ると、居残って簡単な料理を拵《こしら》えていた菊次の女房のお国が、土間の奥の卓に酒肴《しゅこう》をならべている処《ところ》で、

「お帰り」

お国から大声で迎えられたのだった。

それから四半刻《しはんとき》（約三十分）ばかりが経ち、紋付の羽織を脱いだ面々は、くつろいだ様子で賑やかに飲み食いを続けている。

「仮とはいえ、これで穏蔵の婿入りは済んだな」

少し酒に酔った菊次が、笑みを浮かべて呟いた。

「なんだか、ひとつ片付いたようで、ほっとしたよ」

甚五郎もそう口にすると、

「へぇ」

菊次が大きく頷く。

「秋月さんは、どうです」

「そうですねぇ。片付いたような心持はしますが」

「でしょうね」

甚五郎からそんな言葉が返ってくると、

「それは、どうして？」

お国から、そんな声が出た。

すると、

「だから、兄ぃは穏蔵の死んだ父親に頼まれて今日まで面倒を見てたわけだ。その穏蔵が婿入りをして、やっと自分の手を離れたとなりゃ、片付いたと思うだろうよ」

菊次の説明に、お国は「なるほど」と声を出した。

「六平さん、肩の荷がおりて、お目出度《めでと》う」

おりきがそう口にして、六平太に徳利《とつくり》を差し出した。

「いつもは手酌だが、今夜は受けるよ」

六平太が盃を差し出すと、そこにおりきが注《つ》いだ。

「ということは、若い二人は、初夜だな」

菊次はそういうと、盃の酒を飲み干す。

「お前さん、何さ、にやにやしてぇ」

お国にどやされた菊次は、

「いや、ただ――」

曖昧に誤魔化して、大皿から玉子焼きを摘まんで口に入れた。

「あ、そうそう。あたしが以前住んでいた『八郎兵衛店』に住んでいた貝谷さん、あそこを出て行ったようだけど、どうしたんですかねぇ」

大皿の料理を甚五郎の小皿に取り分けながら、お国が誰にともなく語りかけ、

「音羽で辻八卦の仕事も出来る運びになってたっていうのにねぇ」

料理を足した小皿を甚五郎の前に置いた。

「いや、甚五郎親方にも話したことだが、あの父子に降りかかっていた悶着《もんちやく》が片付い

たもんだからさ。いっそのこと、小四郎さんが通ってる学問所のある深川《ふかがわ》に住んだ方が、何かと具合がいいということになったんだよ」

六平太が貝谷父子の転居の顚末を語ると、

「あぁ、そういうことでしたか」

得心の行ったお国は、大きく頷いた。

しかも六平太や深川の料理屋『村木屋《むらきや》』の主、儀兵衛《ぎへえ》の口利きに依《よ》って、重兵衛が深川で辻八卦の商売が出来ることは、すでに了解されていたのだ。

「あの親子も、やっと落ち着く」

六平太の口から、しみじみとした思いがこぼれると、

「あとは、秋月さんとおりきさんですな」

そんな言葉を、甚五郎が口にした。

「親方、それは何のことでしょう」

飲みかけていた盃をふと止めて、おりきが甚五郎を向いた。

「おりきさん、この前、足を痛めて、思い知ったことがあるんじゃねぇかねぇ。傍に男手があれば、大助かりだったことやなんかをさ」

そう言った甚五郎が、笑みを向けると、

「そりゃぁ、ええ。腰や足の裏には、一人じゃ灸《きゅう》は据えられませんでしたからねぇ」

おりきはそう返答すると、小さくふふと声を出して笑い、盃を口に運んだ。

「そりゃぁ、兄ぃだっておんなじじゃねぇのかな」

菊次がすぐに、そういうと、

「何がおんなじなんだよ」

六平太は菊次に向かって口を尖《とが》らせた。

「ほら、元鳥越町の『市兵衛店』で、甥っ子姪っ子を預かったことがあったじゃねぇですか」

「おぉ」

「そん時、一日二日ばかりおりきさんの手伝いがあって、兄ぃも大いに助かったんじゃねぇのかなと思ったもんだからさ」

菊次がそういうと、

「うん」

小さく答えた六平太が、

「気を遣わねぇでいいというのは、助かったがね」

と続けた。

「そしたらどうです。お二人とも、この辺りで先のことを考えてみちゃぁ」

そう口にした甚五郎が、六平太の盃に酌をし、すぐにおりきの盃にも酒を注いだ。

「どうだいおりき」

六平太が呼びかけると、

「なにさ」

おりきが答え、

「夫婦になるかどうかはともかく、そろそろひとつ屋根の下で暮らしてみるか」

六平太がすぐに話を続ける。

すると、おりきがあっさりと、

「それもいいね」

と応じた。

「よし。これで決まりだ」

甚五郎の声に釣られるようにして、六平太とおりきは手に持っていたままの盃を軽く掲げて、一気に飲み干した。

「今夜はこれで、もう一組夫婦が出来たようなもんじゃないかぁ」

「お国おめぇ、よく言ったっ」

菊次が褒めると、お国と二人して大きな笑い声を上げた。

「菊次、いま戸口で声がしたぞ」

甚五郎がそういうと、お国に続いて笑い声を鎮めた菊次が、戸口へと向かう。

「今夜、店はやってないんだがね」

そう言いながら障子を細く開くと、

「おう、お前か」

そんな声を出した菊次が、戸を大きく引き開け、

「穏蔵です」

と、体をずらして、薄明かりを受けて戸口に立つ穏蔵の姿を見せた。

「まぁ、入れよ」

甚五郎が声を掛けると、

「あの、秋月様にちょっと」

穏蔵は戸口の外から、遠慮がちな声を出した。

「それじゃ、ちょっと」

六平太は、卓の一同に一言断って立つと、戸口に行く。

「なんだ」

六平太が問いかけると、

「すみません、ちょっと外へ」

穏蔵はそう言って、小さく頭を下げた。

六平太は、言われるまま店の外に出ると、先に立った穏蔵に続いて参道側に数歩進

む。

参道で灯《とも》る雪洞《ぼんぼり》などの明かりがわずかに入り込む暗がりで、穏蔵が足を止めて、六平太を向いた。

「今日は、わざわざ祝言の席に並んでいただき、ありがとうございました」

穏蔵から畏《かしこ》まった挨拶をされて、

「あ、いや」

思いもしない事の成り行きに、六平太は慌てた。

「あの、浅草の佐和さんに、どうかよろしくお伝えください」

「あぁ、佐和な。うん、分かった。言っとく」

「よろしくお願いします」

頭を下げる穏蔵に、なんと言葉を掛けていいものか思いつかず、六平太は盛んに唇を舐《な》める。

「いつか、美鈴さんを連れて、元鳥越町の『市兵衛店』にも行きたいと思いますが」

「あ、そうか。うん。いつかな」

六平太は、依然として落ち着かない。

「では、わたしはこれで」

穏蔵に頭を下げられた六平太は、何か言い残したことがあるような心持がして、

「あぁ」

と、声を洩らした。

「なにか」

「うん、いや。あれだ。女房を、大事にしろよ」

「はい」

穏蔵は頭を下げると、踵を返して行きかけてすぐ、

「あの」

と六平太に向き直り、

「秋月様は、わたしの――」

そこまで言って顔を伏せた穏蔵は、思い切ったように顔を上げ、

「今日は来てくださって、本当にありがとうございました。お父《と》っつぁん」

という言葉を向けた。

六平太は一瞬迷ったものの、

「おう」

小さく頷いて、片手をそっと挙げた。

穏蔵も頷くと、くるりと踵を返し、嬉々《きき》とした足取りで参道へと向かって行った。

父子の名乗りがこれほど簡単に済むとは、思いもしなかった。

そんな感慨を抱いた六平太は、思わず苦笑いを浮かべた。

穏蔵と美鈴の仮祝言が執り行われた翌日、六平太は元鳥越町へと戻っていた。

口入れ屋『もみじ庵』から仕事の依頼が二、三あり、五月二十二日は七福神巡りをするという老年の男女の一団に付添い、二十四日は芝居見物に行くお店《たな》の娘たち三人を早朝の芝居茶屋に送り届けると、芝居が終わる夕刻までの間に、神田から巣鴨《すがも》のとげぬき地蔵に行くという老夫婦を引率した。

老夫婦を神田に送り届けた時は、八つ半（三時頃）を過ぎていたが、芝居見物の娘三人を迎えに行く刻限まで、芝居茶屋の一室で転寝《うたたね》が出来た。

そして、仕事のないこの日、六平太は浅草福井町の市兵衛を訪ねた。

穏蔵の祝言から五日が経った五月二十五日の四つ時分である。

付添いの行き帰りに歩いた両国広小路界隈は、五月二十八日の大川《おおかわ》の川開きを控えて、何かと気忙《きぜわ》しい様子が見られた。

浅草福井町も両国から近いところにあるが、今はまだ落ち着いている。

川開きの当日、花火が打ち上げられる時分になると、川の両岸も近隣の町も多くの人でごった返すのは、例年のことだった。

表通りからひとつ奥に入ったところにある市兵衛の家は、のどかである。

六平太が庭に立った時、縁側の部屋に敷いた布団に横になっていた市兵衛は起き上がろうとしたが、

「寝たままで構わないよ」

と、押しとどめた。

玄関先で顔を合わせた女房のおこうから、市兵衛は、この二、三日、横になるのが多くなったと聞いていたのだ。

「市兵衛さん、縁側の障子は開けていても構わないのかね」

六平太が尋ねると、

「この陽気だ。入って来る風が心地いいんだよ」

市兵衛からの声に頷いて、六平太は庭の縁に腰掛けた。

庭の垣根の向こうを、竿竹《さおだけ》売りが声を張り上げてゆっくりと通り過ぎて行くと、隣家の庭先からは、小鳥のさえずりが届く。

「さっき売り歩いてた水売りから買っておいたから、秋月さんは冷たい水がいいでしょう」

奥から現れたおこうが縁側近くに座ると、お盆に載せていた湯呑を六平太の近くに置いた。

「お前さんは、茶がいいね」

おこうはそういうと、もう一つの湯呑の載ったお盆を、市兵衛の枕元近くに置いた。

六平太は、湯呑の水を一口含むと、

「おこうさんも居るから丁度いい。お二人に知らせることがあるんですよ。知らせると言うか、家主さんの許しを得なきゃいけないことがね」

「まさか、『市兵衛店』を出るなんて言うんじゃ」

「違いますよ」

六平太は慌てて、おこうの声を遮ると、

「音羽の女を、『市兵衛店』に呼び寄せようと思いましてね」

笑みを浮かべて打ち明けた。

「そうかい」

横になったままの市兵衛は、万感の思いで六平太を見ると、一言、そう呟いた。

「もしかして、佐和さんが最初に嫁ぐとき、髪を結いに来てくれた、あのお人かい」

おこうは物覚えがいいのか、八年ほど前のことが頭に入っていた。

「そうです。あの時の女髪結いですよ。このことは、あとで大家の孫七さんにも伝えますが、まずは家主さんの許しを頂こうと思ったもんですから」

六平太がそう口にすると、

「いいね。いいよ。秋月さんが所帯をね。そりゃぁ、いいよ」

市兵衛の声に、おこうはうんうんと頷いて相槌《あいづち》を打った。

「長屋に人が増えると言うのは、嬉《うれ》しいよ」

「ほんとですよ」

おこうが、市兵衛の声に大きく頷いた。

「そうだおこう、仏壇の抽斗《ひきだし》の、ほれ、例の帳面と袋を持ってきておくれ」

「あぁ、はいはい」

おこうは、ほんの少し思案すると、市兵衛の言ったことをすぐに察知したようで、返事すると立ち上がり、襖《ふすま》を開けて隣りの仏間へ入って行った。

「ところで、その髪結いさんはなんと言ったかね」

「おりきっていうんですがね」

「そのお人のこと、佐和ちゃんには」

「とっくに知ってまして、前々から早く一緒になれと、尻を叩《たた》かれてましたよ」

「うん。それはいい」

横になったまま、市兵衛は頷いた。

おこうが、大きめの信玄袋《しんげんぶくろ》を提げて仏間から戻り、市兵衛の枕元に膝を揃えると、

「すまんが、起こしてくれんか」

と、おこうの手を摑む。

「おこうさん、そんなことはおれが」

草履を脱いで縁から部屋に入った六平太は、市兵衛の背後に回って脇の下に両手を差し込んで静かに上体を起こすと、後ろに倒れないようにと、尻の下に枕を押し込んだ。

「うん。いい具合だ」

市兵衛はそういうと、傍にあった信玄袋を手にして、口を広げる。

そして、袋の中から一冊の古びた綴《と》じ込みの帳面を出して、六平太に差し出した。

「ほう。備忘録ですか」

書かれた表題を口にした六平太が、その表紙を捲《めく》り、

「文政《ぶんせい》四年、辛巳《かのとみ》、九月三日『市兵衛店』住人、秋月六平太様に貸金三十両——これは」

帳面から顔を上げた六平太が、口を半開きにした。

「生んだ母親に死なれた三つの穏蔵さんを、八王子の夫婦者の里子に出すとき、わたしから借りた三十両を添えてやったことがありましたな」

市兵衛が言ったことは、忘れてはいない。

板橋の女が生んだ男児は、母親から穏蔵と名付けられたが、六平太はその母子の面

倒はほとんど見なかった。

そのうち、母親は病に倒れて死に、三つの穏蔵は一人になった。

その時、六平太には穏蔵を引き取って育てる余裕も稼ぎもなく、知り合いの口利きで八王子で養蚕を生業にしている、子のない夫婦者の里子に出したのだ。

それが、帳面の最初に記された文政四年のことだった。

「文政五年、六月二十九日、秋月様返済　一朱二十文（約六千七百五十円）」

何枚か綴じ込みを捲って口にした六平太は、さらに綴じ込みを捲り、

「天保《てんぽう》元年　庚寅《かのえとら》　閏《うるう》三月三日　先月分返済　百二十五文（約三千百二十五円）。天保二年　辛卯《かのとう》　八月二十七日　一分一朱二十五文（約三万千八百七十五円）」

帳面の記述を口にしていた六平太の声が、いつの間にか掠れ、そして消えた。

「文政四年から、三十両の返済が終わった今年まで十三年。毎月末の返済日に受け取った額を付けていた帳面です」

市兵衛の声に、六平太は小さく頷く。

そして市兵衛は、信玄袋の中に手を入れると、ジャラリという音をさせ、

「手を広げてお出し」

と促した。

言われた通りに片方の掌《てのひら》を伸ばすと、袋から出した市兵衛の握り拳から六平太の掌

に、一文銭四文銭に交じった小判や一分銀が載せられた。

「これは」

「秋月さんが返済して下すった銭金ですよ。この信玄袋には、十三年の間、毎月、いや、一月や二月滞ったこともありはしたものの、返済金三十両が入ってます」

そういうと、信玄袋の口を開いて、

「どうぞこの袋の中に」

市兵衛に促されるまま、六平太は掌に載せていた銭金を袋の中に落とした。

市兵衛はさらに、帳面も中に入れると、その袋を六平太の目の前に置いて、

「横にならせてもらうよ」

尻の枕を外して動かすと、片手をついてゆっくりと仰向《あおむ》けになった。

「秋月さん、その信玄袋の中身は、差し上げます。いや、これまで預かっていたものをお返しすると言った方がいいのかな」

市兵衛がそういうと、枕元に座っていたおこうが、笑顔で頷いた。

「馬鹿を言っちゃいけませんよ」

六平太が向きになると、

「その三十両はね、いつの日か、秋月さんに目出度《めでた》いことがあれば、使ってもらおうと手を付けずに貯《た》めておいたんですよ」

市兵衛の口から思いもしなかったことが飛び出した。

「そうしたら、穏蔵さんが祝言を挙げて小間物屋の婿に入り、秋月さんまでわたしの長屋で所帯を持つという。祝い事が二つも重なるなんて、この上なく目出度いことだよ」

「しかし」

六平太が戸惑いを口にすると、

「秋月さん、うちの人が毎月毎月、厳しく返済を口にしていたのは、こんな日が来ることを待っていたからなんですよ。払いが遅れた時、面と向かって憎たらしいことを言っても、うちに帰ってくると、あぁやっぱり秋月さんは仕事していなさるよなんて、貰《もら》ったお金をこの袋に入れるのが嬉しかったんですよ。全額が戻らなくても、返済で貯まった分だけは、こんなことに使おうと決めていたんですよ。ね」

おこうが市兵衛に話を振ると、仰向けの市兵衛が小さく頷いた。

「お前さん、思いが叶《かな》ってよかったじゃありませんか」

顔を近付けておこうがいうと、

「酒を」

そう口にした市兵衛は、顔をゆっくりと六平太に向け、

「祝いの酒をさ」

と、笑みを浮かべた。

「あぁ、はいはい」

膝を叩いたおこうは腰を上げた。

「冷でいいから、片口に入れてな」

「えぇ」

背中で返事をしたおこうが、台所の方へ姿を消した。

「杯は、わたしの分もだよ」

市兵衛は、おこうの姿が消えてからそう言ったので、その声が届いたかどうかは覚《おぼ》束《つか》ない。

「秋月さん」

市兵衛から細い声がしたので、体をかがめて耳を近付けると、

「穏蔵さんとは、いつ、親子の名乗りをするのかねぇ」

と、尋ねられた。

「実は、音羽で、祝言の夜、二人になった時、向こうから『お父っつぁん』って、声を掛けられてしまいましたよ」

「あぁ。それじゃ、秋月さんが父親だと、その子は、気付いていたんですねぇ」

「そのようで」

祝言の夜、穏蔵に掛けられた言葉は鮮やかに覚えている。

「今日は来てくださって、本当にありがとうございました。お父っつぁん」

六平太に向かってそう口にしたことを。

「あぁ、いいことを聞いたよ。うん。よかった」

か細いながらも安堵《あんど》したような声を洩らすと、市兵衛がそっと目を閉じた。

「市兵衛さん、眠くなりましたか」

六平太の問いかけに、

「わたしは、つくづく、果報にありついたよ。果報にね」

低くそう答えた市兵衛の口が、少し開いたまま、動かなくなった。

「市兵衛さん」

声を掛けたが、全く反応がない。

すぐに目を開けて瞳孔を確かめるが、それにも反応はなかった。

「おこうさん」

大声を上げると、

「はぁい。お酒はいますぐに」

おこうの穏やかな声が返ってきた。

庭の方からは、チーチーという目白の地鳴きがしている。

六平太は、手を伸ばして、市兵衛の白髪頭をゆっくりと撫《な》でた。

五

五月二十八日の大川の川開きのころ江戸は梅雨入りをしたが、梅雨の中休みだろうか、この二、三日晴れが続いている。

家主の市兵衛が死んでから半月が過ぎた六月の半ばである。

市兵衛の葬儀は、二日後に本郷にある市兵衛の菩提寺《ぼだいじ》で執り行われた。

浅草福井町の家には、女房のおこうが一人になったが、日本橋の茶舗を継いだ倅夫婦や孫たちが顔を出しているから、寂しさは紛れているようだ。

そんなおこうの元には、噺家の傍ら、お座敷に呼ばれて座を賑やかにする幇間《ほうかん》芸にも長《た》けた三治が上がり込んでは、時々、夕餉のお相伴《しようばん》に与《あずか》っているとも耳にしていた。

三治だけではなく、留吉夫婦や熊八なども気にかけているらしいので、おこうを心配することはなさそうである。

昼過ぎの八つ（二時頃）に『市兵衛店』を出た六平太は、鳥越川に架かる甚内橋《じんないばし》を渡って、口入れ屋『もみじ庵』へと足を向けていた。

朝早く干した洗濯物を取り込んでいた昼餉の後、『八つ半に神田岩本町にお越し願いたい』という『もみじ庵』の忠七の言付けを持った使いの者が来たのだ。

新シ橋《あたらばし》を通って神田川を渡った六平太は、豊島町《としま》の筋を藍染川《あいぞめがわ》まで進むと右へ折れて神田岩本町まで行き、『もみじ庵』の色あせた暖簾《のれん》を割った。

「こんにちは」

土間へ足を踏み入れた途端、帳場の框に腰掛けて茶を飲んでいた二人の女から、親し気な声が飛んできた。

一人は、前々から『信濃屋』の隠居、おすげ付きの女中をしていたおはなで、もう一人は、先月からおすげの側に仕えるようになった、五十助という番頭の娘、お冴だった。

「二人がここにいるということは」

「はい。ご隠居様は、奥で忠七さんと会っておられます」

笑顔のお冴がそういうと、六平太は身の凍る思いがした。

「秋月様が見えたら、場所はご存じなので、奥の仏間にお通りになるようにとのことでしたが」

そう言ったおはなから窺うような眼を向けられた六平太は、

「それじゃ、おれは」

腰の刀を外して板張りに上がると、板戸を開けて、奥へと延びる廊下を裏庭の方に足を向けた。

「秋月だが」

庭に射す日射しの照り返しで明るい障子の外で声を掛けると、

「どうぞ、お入りください」

忠七の畏まった声がした。

六平太が障子を開けて入ると、忠七とおすげが向かい合い、庭の日射しを受けていた。

「どうも、お久しぶりでした」

灰色の絽の着物を身に纏《まと》ったおすげが、にこやかな顔で軽く頭を下げた。

「こちらこそ、ご無沙汰をしておりまして」

六平太も丁寧に返した。

「それで、今日お呼び出しのわけはなんでしょうね」

六平太が屈託のない声を出すと、

「この忠七さんからも、倅の太兵衛からも聞いたことですが、秋月様は近々、所帯をお持ちになるということなので、一言、お祝いを申し上げようとこうして」

「それはわざわざ恐れ入りますが、なにもご隠居自ら歩いておいでにならなくても、来てくれと言付けを下されば、わたしの方から出向きましたものを」

六平太がへりくだると、おすげは「なんの」と笑い、祝言は何時《いっ》かと尋ねた。

「長い付き合いの相手ですから、今更、祝言など、こっ恥ずかしくていけません」

そう言ったが、それは嘘《うそ》ではなかった。

明日の昼前、音羽の甚五郎とそこの若い衆たちが、おりきの家財道具一切を積んだ二台の荷車を曳《ひ》いて、元鳥越町の『市兵衛店』に運び入れてくれることになっていたのだ。

そのあと、六平太とおりきが振舞う酒が、祝言の代わりといえるのかもしれない。

「ところでご隠居様、さきほど、わたしと秋月さんに、折り入って頼みがあると言われましたが、それは――？」

そう言って、忠七はおすげを窺う。

「正月以来、付添いの秋月様を見ておりまして思ったのは、『信濃屋』の後見人にとは言いませんが、主太兵衛とこのわたしへの意見番として、『信濃屋』に入っていただけないかとのお願いにあがりました」

「へ――！」

忠七の口からそんな音が洩れた。

「いえなにも、商いの相談というよりも、つまりその、わたしどもは商いのことばかりを見て、広く外のことを見ていなかったと、秋月様を知ってことにそう思い至ったのです。世の中の隅々に精通しておいでの秋月様に、わたしどもに、苦言を呈していただきたいと、こうしてお願いに」

そこまで口にしたおすげが、軽く頭を下げた。

「忠七さんによれば、秋月様は付添いの仕事では、お大名家はじめ名だたる旗本家とも、対等のお付き合いをなさっているということです。そればかりか、町をにぎわす大道芸人とも町の火消し人足などとも誼《よしみ》を通じておいでとも聞きましたし、世上のことについてのご指南者としては申し分のないお人だと存じたのでございます」

おすげは畳に両手を突き、

「この申し出、いかがでございましょう」

その姿勢のままゆっくりと顔を上げた。

「となると、うちの仕事はしていただけなくなるということですか――」

そう呟くと、忠七の口から、切ない溜息が洩れ出た。

「それで、給金はどのくらいになりましょうか」

六平太は迷うことなく、さらりと口にした。

「給金ですか――その世上についての指南料がどのくらいのものか、わたしどもも、しかとは分からず」

「忠七さん、どんなもんでしょうな」

「そんな仕事があるなんて、わたしはしりませんよ」

　忠七の声には機嫌のよくない棘《とげ》があった。

「今まで呑気《のんき》に仕事をしていたが、所帯を持つとなると、女房に苦労は掛けられねぇから、それなりの給金は頂かないと暮らしが立たねぇ」

　六平太がそう言い切ると、

「ご浪人として、一人で暮らしていた時分、月々どのくらいの掛かりが入用でしたので」

　おすげが、覗き込むように六平太に顔を近付ける。

「さぁ、どのくらいだったか」

　六平太は大袈裟《おおげさ》に首を傾げる。

「忠七さん、おれがよく付添いをしていたあの材木問屋はどうしていなさるかねぇ。ほら、一人娘の芝居見物やらなにやら仕事の口をまわしてくれたじゃないか」

「『飛驒屋《ひだや》』さんですか」

「そうそう。深川は木場《きば》に『飛驒屋』さんというお得意様がありましてね」

　六平太はおすげに向けてそういうと、

「初手は娘さん一人の付添いがもっぱらでしたが、そのうち、旦那やお内儀とも懇意になりまして、家の催し事から行楽のお供を仰せつかるようにもなりまして。その都度、帰りには祝儀を頂戴したもんです。ほかの仕事の帰りなんかに、近くに来たからと顔を出すと、帰りには、『飛騨屋』さんのお内儀が、『煙草銭《たばこせん》ですが』と、一朱（約六千二百五十円）か二朱（約一万二千五百円）は握らせてくれたもんだが、あんな祝儀が、付添い料のほかに、月にどのくらいあったろうかねぇ、忠七さん」

話を振ると、

「付添い料の他にそんな実入りがあったなど、あのころわたしは一度も聞いておりませんでしたがねっ」

忠七は、目を吊り上げて横を向いた。

その時、鐘の音が聞こえ始めた。

「これは、七つの時の鐘ですね。申し訳ありませんが、明日の輿入《こしい》れじゃねぇ、〈荷車入り〉の支度がありますので、わたしはこれで」

急ぎ辞去の挨拶をした六平太は、刀を摑んで腰を上げた。

神田岩本町の口入れ屋『もみじ庵』を飛び出した六平太は、豊島町二丁目の角で左に折れたところで、速足を緩めて、大きく息をついた。

おすげの誘いには、いささか惹《ひ》かれるものがあった。

だが、一旦『信濃屋』から給金を貰うと、万一向こうで揉《も》めごとを起こしても、さっさと逃げるのが難しくなる。

逃げてもいいが、口入れ屋『もみじ庵』の忠七にとばっちりが及ぶこともある。そうなるのは六平太の本意ではない。

忠七には長年の恩義があるのだ。

やはり、世上指南者の話は、おすげの方に断わらせた方がよいのだ——そう思って、無礼を承知であの場を逃げてきた。

もう一息ついて、ゆっくりと歩き出した六平太は、一丁目と二丁目の辻を、足早に横切った戸根崎伊奈《とねざきいな》の姿を見て、町家の壁に背中を付けて見送った。

伊奈の姿が辻から消えてからも、間を置こうと、二つ三つ、呼吸を数えた。

この辺りは、伊奈が通う『戸根崎道場』に近いということを、迂闊《うかつ》にも失念していた。あとひと呼吸をして、辻に向かおうとした時、

「秋月様、何をなすってるんですか」

背後から男の声が掛かった。

足を止めた六平太に近づいてきたのは、沢田庄助《さわだしょうすけ》だった。

「いや、似た者を見かけたんでな」

六平太が誤魔化すと、

「実は、元鳥越町の『市兵衛店』にお訪ねするところでした」

庄助は、ほっとしたような笑みを浮かべ、そして、

「今朝、伊奈様から伺っていた言付けがあるのです」

という。

「それは」

「明日の朝、秋月様の代稽古は午前とお知りになった伊奈様は、その刻限に合わせて『相良《さがら》道場』に立ち寄って、ひと手ご指南を受けたいとのことですが」

「あぁ、それは残念だ。明日は、『市兵衛店』で急用が出来《しゅったい》したので、朝から大忙しなのだよ。代稽古は日延べだと『相良道場』の源助《げんすけ》には知らせていたのだがな」

急用が、おりきの到着ということは伏せて応えると、

「わかりました。立ち返って、伊奈様にはそのようにお伝えします」

一礼して、庄助は踵を返した。

沢田庄助と豊島町で別れた六平太が『市兵衛店』に着くと、井戸端も路地も静まり返っていた。

大道芸人の熊八は、埃《ほこり》だらけの僧衣を纏って江戸の諸方を歩き、怪しい経を読んでは喜捨を受けとっているはずだ。三治はおそらく、寄席の仕事にありついたのかもし

れない。

六平太の家の手前には貝谷重兵衛父子が住んでいたが、先月、深川に転宅したから、秋月家の両側は空き家になっていた。

路地を奥へ向かった六平太が、カタリとどぶ板を鳴らしてしまった。

「秋月さんですか」

留吉の家から、女房のお常の声がした。

「どぶ板の音で起こしたか」

「横になってただけですよぉ」

お常の声は、台所の明かり取りから路地へ届き、

「秋月さんとこに町小遣いが文を届けに来たんで、わたしが預かって、家の中に置いて小皿を載せてますから」

「ありがとよ」

六平太は礼を述べると、我が家に足を踏み入れ、板の間に置いてあった文の封を切った。

開いた文の文面の最初には、『先日は、ご無礼仕《つかまつ》った』と記されており、その後の文から、文を届けたのは、貝谷重兵衛の妹を離縁した、下野国《しもつけ》烏森藩《からすもり》の郡方《こおりかた》、川《かわ》俣文蔵《またふみぞう》と分かった。

その文面によれば、文蔵が藩に願い出て、明日早朝に江戸を発《た》ち、国元へ帰参するとあった。

さらに、『ついては、明朝、ひと目会って挨拶をした後に奥州道《おうしゆうどう》へ向かいたいので、浅草御蔵近くの正覚寺《しようがくじ》裏の馬場においで願いたい。刻限は、六つ半（七時頃）としたい』とあり、『万一、刻限までに参られぬ時は、諦めて立ち去るのみ』と記され、川俣文蔵の名があった。

読み終えた六平太は、土間の框に腰掛けると、フウと息を吐いた。


浅草御蔵は、半刻余り前に上った日を浴びていた。

御蔵から米や俵物などを運び出す人足や問屋の者たちが忙しく動き回り、通りに面した大小のお店の表はごった返している。

そんな通りを避けた六平太は、新堀川《しんぼりがわ》に架かる幽霊橋《ゆうれいばし》を渡るとすぐ西福寺《さいふくじ》の裏を回って、浅草福富町《ふくとみ》二丁目の拝領地前から馬場に出た。

表通りから奥まったところにある馬場の周りは武家地で、浅草御蔵とは違って人の通りはほとんどない。

浅草の方から、六つ（六時頃）を知らせる鐘の音が届くと同時に、六平太は馬場の柵の中に入った。

南北に長い馬場の中央付近に見えていた菅笠を付けた黒い影が動き、六平太の方へと近づいて来る。

「来て頂けたな」

顔を晒《さら》した文蔵は、外した菅笠を柵の支柱に立てかけた。

「挨拶ぐらいなら、受けてもよいと思ってな」

笑ってそういうと、

「それがしの挨拶とは、こういうことだ」

いきなり腰の刀を引き抜いた文蔵は、切っ先を六平太に向けた。

「小四郎を手に入れられなかった恨みか」

体を半身にした六平太は、相手の攻めへの備えをした。

「跡継ぎがなくば、我が川俣家の名が廃《すた》れるのだ。それだけは避けたいと江戸まで来たと言うに、その思いを潰《つい》えさせたのは、貝谷に加担したその方なのだ。それをみすみす捨て置いて、おめおめとお国へは戻れぬし、憂いが晴れぬ」

「おれを斬れれば晴れるかもしれんが、それだけだ。川俣家はどうにもならんだろう」

「そなたのような気ままな浪人に思いを阻まれたとあっては、武士の面目が立たぬ」

「面目なんか気にするな」

「黙れっ。浪人如きに何が分かるかっ。わしは郡方として国元の山野を回り、田畑の広さ、産物や米の収穫を見守る勤めを果たしてきたのだ。それもこれも、我が川俣の家名を代々に渡していく定めだからだ。そんな思いが、華やかな江戸の巷《ちまた》を遊びまわる浪人には分からぬだろう」

怒気の籠《こ》もった声をぶつけた文蔵が正眼に構えていた刀を、素早く八双に構え直した。

「分からんと言ったらなんとする」

足を前後にずらして、六平太も相手の攻めに備えた。

「そのような浪人に望みを絶たれたとあっては、先祖への面目が立たぬ。この先、家名が残らぬなら、せめてその方を討ち果たさねば、国へは戻れぬっ」

そういうと、文蔵は少し腰を落として刀を右の体側に立て、いつでも打ち込む体勢をとる。

六平太は、立身《たつみ》流兵法の抜刀術である『擁刀《ようとう》』に備えようと、腰の刀の柄《つか》を左手で摑み、瞬時に抜ける体勢をとった。

「川俣殿、ここで斬り合うより、お国へ帰って後添えを取り、子をなすことだっ」

六平太が鋭く言い放つと、

「そのような軽口を叩く、おぬしが憎い！」

声を発すると同時に、体側に立てていた刀を六平太に向けて振り下ろす。

その刹那、『擁刀』の抜刀術を駆使した六平太の太刀筋が一瞬早く、相手の刀の鎬《しのぎ》に音を立てて当たると、文蔵の刀は六平太の脇に流れて空打ちとなり、数歩ばかりたたらを踏んで足を踏ん張った文蔵は、振り向いた。

六平太はその顔面に切っ先を向け、

「後添えのことは、軽口ではない。諦めるな」

真顔でそういうと、刀を鞘《さや》に納めた。

「道中は長い。発たれよ」

六平太の言葉に、文蔵は黙って従うと、置いていた菅笠を取って一礼し、その場を小走りに去って行った。

「子は、諦めるなっ」

六平太の大声に一瞬足を止めた文蔵だが、振り返ることなく馬場から姿を消した。

すると、

「諦めるなとは、なんのことですか」

現れた網代笠《あじろがさ》の伊奈が、六平太が見送っていた先に眼を向けた。

「何しに参られた」

六平太が顔をしかめると、

「わたしは諦めることなく、秋月様に再度の立ち合いをお願いに参りました」

伊奈は、臆することなく迫る。

「それは受けてもいいが。ただ、おれの一存では返答出来んのだ」

「四谷《よつや》の相良先生のお許しが要りましょうか」

「いや。相良先生ではござらん」

「では、どなたの」

「うん。実は、おれの女房の許しがいるのだ」

そういうなり、六平太は馬場の外へと駆け出した。

『市兵衛店』に向かいながら、おりきと、その家財道具を積んだ大八車は、音羽を出た頃かもしれないなと、六平太はふと思った。

小学館文庫
好評既刊

付添い屋・六平太
龍の巻 留め女

金子成人

ISBN978-4-09-406057-7

時は江戸・文政年間。秋月六平太は、信州十河藩の供番（駕籠を守るボディガード）を勤めていたが、十年前、藩の権力抗争に巻き込まれ、お役御免となり浪人となった。いまは裕福な商家の子女の芝居見物や行楽の付添い屋をして糊口をしのぐ日々だ。血のつながらない妹・佐和は、六平太の再仕官を夢見て、浅草元鳥越の自宅を守りながら、裁縫仕事で家計を支えている。相惚れで髪結いのおりきが住む音羽と元鳥越を行き来する六平太だが、付添い先で出会う武家の横暴や女を食い物にする悪党は許さない。立身流兵法が一閃、江戸の悪を斬る。時代劇の超大物脚本家、小説デビュー！

小学館文庫
好評既刊

脱藩さむらい

金子成人

ISBN978-4-09-406555-8

香坂又十郎は、石見国、浜岡藩城下に妻の万寿栄と暮らしている。奉行所の町廻り同心頭であり、斬首刑の執行も行っていた。浜岡藩は、海に恵まれた土地である。漁師の勘吉と釣りに出かけた又十郎は、外海の岩場で脇腹に刺し傷のある水主の死体を見つける。浜で検分を行っていると、組目付頭の滝井伝七郎が突然現れ、死体を持ち去ってしまった。義弟の兵藤数馬によると、死んだ水主の正体は公儀の密偵だという。後日、城内に呼ばれた又十郎は、謀反を企んで出奔した藩士を討ち取るよう命じられる。その藩士の名は兵藤数馬であった。大河時代小説シリーズ第1弾！

小学館文庫
好評既刊

かぎ縄おりん

金子成人

ISBN978-4-09-407033-0

日本橋堀留『駕籠清』の娘おりんは、婿をとり店を継ぐよう祖母お粂にせっつかれている。だが目明かしに憧れるおりんにその気はなく揉め事に真っ先に駆けつける始末だ。ある日起きた立て籠り事件。父で目明かしの嘉平治たちに隠れ、賊が潜む蔵に迫ったおりんは得意のかぎ縄で男を捕らえた。しかし嘉平治は娘の勝手な行動に激怒。思わずおりんは本心を白状する。かつて嘉平治は何者かに襲われ、今も足に古傷を抱える。悔しがる父を見て自分も捕物に携わり敵を見つけると決意したのだ。おりんは念願の十手持ちになれるのか。時代劇の名手が贈る痛快捕物帳、開幕！

小学館文庫
好評既刊

花蝶屋の三人娘

有馬美季子

ISBN978-4-09-407446-8

南町奉行所の狼こと、定町廻《じょうまちまわ》り同心の沢井勝之進は行きつけの水茶屋〈花蝶《かちょう》屋〉に顔を出した。人気絵師殺しの探索に手こずり、一息つきたい――のは口実で、お目当てのお蘭に逢いたいのだ。お蘭は看板娘のひとりで、清楚な十九才。艶っぽい二十一才のお藤、お転婆な十七才のお桃と一緒に働いている。お蘭は勝之進にお茶を淹《い》れつつ、素知らぬ顔で探索具合を聞き出すが、のぼせ上っている勝之進は何も気付かない。なんと三人娘は、自分たちの仇を捜しながら、頼まれれば他人の復讐も引き受ける仇討ち屋〈闇椿《やみつばき》〉なのだ！　意外な真相を摑んだ娘たちに危機が迫る⁉

小学館文庫
好評既刊

土下座奉行

伊藤尋也

ISBN978-4-09-407251-8

廻り方同心の小野寺重吾はただならぬものを見てしまった。北町奉行所で土下座をする牧野駿河守《するがのかみ》成綱《なりつな》の姿だ。相手は歳といい、格といい、奉行よりうんと下に見える、どこぞの用人。なのになぜ土下座なのか？　情けないことこの上ない。しかし重吾は奉行の姿に見惚《みと》れていた。まるで茶道の名人か、あるいは剣の達人のする謝罪ではないか、と……。小悪を剣で斬る同心、大悪を土下座で斬る奉行の二人組が、江戸城内の派閥争いがからむ難事件「かんのん盗事件」「竹五郎河童《かっぱ》事件」に挑む！そしていま土下座の奥義が明かされる——能鷹隠《のうよういん》爪《そう》の剣戟《けんげき》捕物、ここに見参！

小学館文庫
好評既刊

てらこや青義堂 師匠、走る

今村翔吾

ISBN978-4-09-407182-5

明和七年、泰平の江戸日本橋で寺子屋の師匠をつとめる坂入十蔵は、かつては凄腕と怖れられた公儀隠密だった。貧しい御家人の息子・鉄之助、浪費癖のある呉服屋の息子・吉太郎、兵法ばかり学びたがる武家の娘・千織など、個性豊かな筆子に寄りそう十蔵の元に、将軍暗殺を企図する忍びの一団・宵闇が公儀隠密をも狙っているとの報せが届く。翌年、伊勢へお蔭参りに向かう筆子らに同道していた十蔵は、離縁していた妻・睦月の身にも宵闇の手が及ぶと知って妻の里へ走った。夫婦の愛、師弟の絆、手に汗握る結末——今村翔吾の原点ともいえる青春時代小説。

小学館文庫
好評既刊

勘定侍 柳生真剣勝負〈一〉 召喚

上田秀人

ISBN978-4-09-406743-9

大坂一と言われる唐物問屋淡海《おうみ》屋の孫・一夜は、突然現れた柳生家の者に御家を救えと、無理やり召し出された。ことは、惣目付《そうめつけ》の柳生宗矩《むねのり》が老中・堀田加賀守《かがのかみ》より伝えられた、四千石の加増にはじまる。本禄と合わせて一万石、晴れて大名となった柳生家。が、大名を監察する惣目付が大名になっては都合が悪い。案の定、宗矩は役目を解かれ、監察される側に立たされてしまう。惣目付時代に買った恨みから、難癖をつけられぬよう宗矩が考えた秘策が一夜だったのだ。しかしなぜ召し出すのが商人なのか？　廻国中の柳生十兵衛も呼び戻されて。風雲急を告げる第１弾！

小学館文庫
好評既刊

八丁堀強妻物語

岡本さとる

ISBN978-4-09-407119-1

日本橋にある将軍家御用達の扇店〝善喜堂《ぜんきどう》〟の娘である千秋は、方々の大店から「是非うちの嫁に……」と声がかかるほどの人気者。ただ、どんな良縁が持ち込まれても、どこか物足りなさを感じ首を縦には振らなかった。そんなある日、千秋は常磐津の師匠の家に向かう道中で、八丁堀同心である芦川柳之助と出会い、その凜々しさに一目惚れをしてしまう。こうして心の底から恋うる相手にようやく出会えたのだったが、千秋には柳之助に絶対に言えない、ある秘密があり——。「取次屋栄三」「居酒屋お夏」の大人気作家が描く、涙あり笑いありの新たな夫婦捕物帳、開幕！

小学館文庫
好評既刊

人情江戸飛脚 月踊り

坂岡 真

ISBN978-4-09-407118-4

どぶ鼠の伝次は余所様《よそさま》の隠し事を探る商売、影聞きで食べている。その伝次、飛脚を商う兎屋の主で、奇妙な髷《まげ》に傾《かぶ》いた着物をまとう粋人の浮世之介にお呼ばれされた。瀟洒《しょうしゃ》な棲家《すみか》狢亭《むじなてい》に上がると、筆と硯《すずり》を扱う老舗大店の隠居・善左衛門がいた。倅の嫁おすまに悪い虫がついたらしく、内々に調べてほしいという。「首尾よく間男と縁を切らせたら、手切れ金の一割、千両なら百両を払う」と約束する隠居に、生唾を飲み込む伝次。ところが、思わぬ流れとなり、邪な渦に呑み込まれ……。風変わりで謎の多い浮世之介とともに弱きを救い、悪に鉄槌《てつつい》を下す、痛快無比の第１弾！

小学館文庫
好評既刊

春風同心十手日記〈一〉

佐々木裕一

ISBN978-4-09-406843-6

定町廻り同心の夏木慎吾が殺しのあったという深川の長屋に出張ってみると、包丁で心臓を刺されたままの竹三が土間で冷たくなっていた。近くに女物の匂い袋が落ちていたところを見ると、一月前に家を出ていった女房おくにの仕業らしい。竹三は酒癖が悪く、毎晩飲んでは、暴力をふるっていたらしいのだ。岡っ引きの五六蔵《ごろぞう》や女医の華山らに助けを借りて探索をはじめた慎吾だったが、すぐに手詰まってしまい……。頭を抱えて帰宅した慎吾の前に、なんと北町奉行の榊原忠之が現れた!? しかも、娘の静香まで連れているのは、一体なぜ？　王道の捕物帳、シリーズ第１弾！

小学館文庫
好評既刊

突きの鬼一

鈴木英治

ISBN978-4-09-406544-2

美濃北山三万石の主百目鬼《どうめき》一郎太の楽しみは月に一度の賭場通いだ。秘密の抜け穴を通り、城下外れの賭場に現れた一郎太が、あろうことか、命を狙われた。頭格は大垣半象、二天一流の遣い手で、国家老・黒岩監物の配下だ。突きの鬼一と異名をとる一郎太は二十人以上を斬り捨てて虎口を脱する。だが、襲撃者の中に城代家老・伊吹勘助の倅で、一郎太が打ち出した年貢半減令に賛同していた進兵衛がいた。俺の策は家臣を苦しめていたのか。忸怩たる思いの一郎太は藩主の座を降りることを即刻決意、実母桜香院が偏愛する弟・重二郎に後事を託して単身、江戸に向かう。

小学館文庫
好評既刊

江戸寺子屋薫風庵

篠 綾子

ISBN978-4-09-407168-9

江戸は下谷に薫風庵という風変わりな寺子屋があった。三百坪の敷地に平屋の学び舎と住まいの庵がある。二十人の寺子は博奕打ち一家の餓鬼大将から、それを取り締まる岡っ引きの倅までいる。薫風庵の住人は、教鞭をとる妙春という二十四歳の尼と、廻船問屋・日向屋の先代の元妾で、その前は遊女だったという、五十一歳の蓮寿尼、それに十二歳の飯炊き娘の小梅の三人だけ。そこへ、隣家の大造が寺子に盆栽を折られたと怒鳴り込んできた。おまけに、城戸宗次郎と名乗る浪人者まで現れて学び舎で教え始めると、妙春の心に、何やら得体の知れない思いが芽生えてくる。

――本書のプロフィール――

本書は、小学館文庫のために書き下ろされた作品です。

小学館文庫

付添《つきそ》い屋《や》・六平太《ろっぺいた》
百鬼夜行《ひゃっきやこう》の巻《まき》　髪結《かみゆ》い女《おんな》

著者　金子成人《かねこなりと》

二〇二五年四月九日　　初版第一刷発行

発行人　庄野　樹

発行所　株式会社　小学館
〒一〇一-八〇〇一
東京都千代田区一ッ橋二-三-一
電話　編集〇三-三二三〇-五九五九
販売〇三-五二八一-三五五五
印刷所―――中央精版印刷株式会社

造本には十分注意しておりますが、印刷、製本など製造上の不備がございましたら「制作局コールセンター」（フリーダイヤル〇一二〇-三三六-三四〇）にご連絡ください。（電話受付は、土・日・祝休日を除く九時三〇分〜一七時三〇分）本書の無断での複写（コピー）、上演、放送等の二次利用、翻案等は、著作権法上の例外を除き禁じられています。本書の電子データ化などの無断複製は著作権法上の例外を除き禁じられています。代行業者等の第三者による本書の電子的複製も認められておりません。

この文庫の詳しい内容はインターネットで24時間ご覧になれます。
小学館公式ホームページ　https://www.shogakukan.co.jp

©Narito Kaneko 2025　Printed in Japan

ISBN978-4-09-407453-6

第5回

警察小説新人賞

作品募集

大賞賞金

300万円

選考委員

今野 敏氏
（作家）

月村了衛氏（作家）　東山彰良氏（作家）　柚月裕子氏（作家）

募集要項

募集対象

エンターテインメント性に富んだ、広義の警察小説。警察小説であれば、ホラー、SF、ファンタジーなどの要素を持つ作品も対象に含みます。自作未発表（WEBも含む）、日本語で書かれたものに限ります。

原稿規格

▶ 400字詰め原稿用紙換算で200枚以上500枚以内。

▶ A4サイズの用紙に縦組み、40字×40行、横向きに印字、必ず通し番号を入れてください。

▶ ❶表紙【題名、住所、氏名(筆名)、生年月日、年齢、性別、職業、略歴、文芸賞応募歴、電話番号、メールアドレス（※あれば）を明記】、❷梗概【800字程度】、❸原稿の順に重ね、郵送の場合、右肩をダブルクリップで綴じてください。

▶ WEBでの応募も、書式などは上記に則り、原稿データ形式はMS Word（doc、docx）、テキストでの投稿を推奨します。一太郎データはMS Wordに変換のうえ、投稿してください。

▶ なお手書き原稿の作品は選考対象外となります。

締切

2026年2月16日

（当日消印有効／WEBの場合は当日24時まで）

応募宛先

▼郵送

〒101-8001 東京都千代田区一ツ橋2-3-1
小学館 出版局文芸編集室
「第5回 警察小説新人賞」係

▼WEB投稿

小説丸サイト内の警察小説新人賞ページのWEB投稿「応募フォーム」をクリックし、原稿をアップロードしてください。

発表

▼最終候補作

文芸情報サイト「小説丸」にて2026年6月1日発表

▼受賞作

文芸情報サイト「小説丸」にて2026年8月1日発表

出版権他

受賞作の出版権は小学館に帰属し、出版に際しては規定の印税が支払われます。また、雑誌掲載権、WEB上の掲載権及び二次的利用権（映像化、コミック化、ゲーム化など）も小学館に帰属します。

警察小説新人賞 検索　くわしくは文芸情報サイト「小説丸」で

www.shosetsu-maru.com/pr/keisatsu-shosetsu/